生活静默如谜的

The silent mystery towards life

月山行 主编

山东画报出版社

桐山文化工作室
TONGHill
出　　品

只有爱让万籁俱寂

余秀华　著

目录

03 草木都顺着风歪下去
04 只有这爱，让我仰望
07 被一个院子囚禁着
08 只有爱让万籁俱寂
11 今夜
12 月光破碎
15 我赞美……
17 赞美诗
19 醒来
20 致
23 没有好天气的日子
24 一个上午就这样过去了
27 比死亡更沉默
28 安静的院子

31 玲儿
33 无题
35 在合肥
36 红色纽扣

草木都顺着风歪下去

我什么也不等，在这阴郁的下午
蔓草枯萎的原野上，一朵花也卸下火焰
白色的云都沉到地底，多少年后它们才重新回到
地面
和天空
野孩子依旧在田野上奔跑，为刺猬的肉
而剥下它的皮
明哥，我有一只犀牛的角等着给你
让它贴着我的肉身死去
死去的事物以一去不返重新还原
我找出我落满灰尘的诗集，送给你
什么都是大而不当啊
明哥，只有我的舌尖还有摇摇欲坠的火焰
所以我长久地坐在这里
一言不发
身边的草木都顺着风歪下去

2016 年 10 月 10 日

只有这爱，让我仰望

我愿意被这浩荡的秋色遮蔽：萎下去的草木
我只能接受这秋风的清算。算着算着就有意外的火焰
我紧张，敏感，如受伤的母豹
我在你的城市和我的乡村之间摇来晃去
看星子落进浑浊的河，看人消失在没有了土地的大地
我们再不敢说到绝望，怕绝望成真
在你面前，我也不能哀戚啊，怕卑微成箴
这个时代恶狠狠地撕裂着我
它比半夜徘徊在我家门口的淫贼更可怕
但是，我还是要穿过这些，像一颗露水
穿过午夜
去爱你
只有这爱，让我仰望的时候看见
重新发光的星群

2016 年 10 月 11 日

被一个院子囚禁着

有时候我想被一块小地方囚禁
而且不断囚禁下去，直到消失了求救的愿望
我对什么都没有了想法
包括性，包括新鲜的咖喱
国际战争和国家兴亡早就是遥远的事情了
时间对我来说也没有了用武之地
这个院子从来不设镜子
什么东西都看不到自己或者自己的对立面
美也取消了相对论
那时候我允许旧星宿砸下来
这如果也不能让我获得最后的意义
怎么办呢，我想
院子里也没有一块石头
为了避免一个无用的女人自杀
除了不停研究一根铁链上不断长出来的锈斑
不停地怀疑下去
而怀疑如一个个无力养活的孩子
被不停掐死
怎么办呢，我想

2016 年 12 月 9 日

只有爱让万籁俱寂

只有爱让万籁俱寂，只有爱让星空出现
我站在屋顶看你城里渐次亮起的灯火
风悄悄滑过女贞树
我们隐忍着，让河流穿过身体的荒原
穿过石头里古老的梵文
哦，你说过的，我们要一起到达永久
只有永久让我心生悲，也生慈
星空下是我的村庄
它曾经有过好风好雨，也有歉收的年成
我在这里浪费了半生了
而爱，让我重新获得清晨，花朵，蜜蜂
让我们在无限的渺小里
获得安宁
真是不可思议

2016 年 10 月 13 日

今夜

如一个弃妇，她在喝酒
她在酒杯里加了小剂量的毒
为了死去的明天，她将活过今夜
噢，今夜！今夜有依旧到来的星河
有星河之下在爱里放纵的人群，有毒品，有花朵
今夜有丢失的马匹重新丢失
今夜有愈合的疾病重新溃烂
今夜她孤苦伶仃
一个男人如同一个时代，在她的身下
死去
而新的时代必然诞生
今夜她孤苦伶仃
今夜说永恒的人被永恒收走
今夜的菊花在另一个村子打开
而今夜，有人在欢爱之后
读我已经腐朽的诗歌

2016 年 10 月 16 日

月光破碎

我不知所措
明月已经被我吞下喉头，再吐出来
也是破碎的月光
大雾围绕，摸索不到一双手
我想让人间重新发热如同让海水返回天空
断了来时路，断了去向
我在我的村庄独坐到天亮
我是掉落的露水重新回到草叶上
我不洁
命运不会给我一颗糖
如果我真敢在人群里行窃
那个人
一定会得到我的报偿
如今我甘愿坐在一个人的影子里
她已经死去
我替她爬行

2016年10月17日

我赞美……

我赞美这样的夜晚：屋顶满天星光
迎着星光枯萎的草木
在枯萎的草木里小弧度旋转的风
在这样的风里安眠的村庄
那些低矮的坟墓，坟墓里我的母亲

我赞美这样的孤独：一屋子的书
书里静默的人
他们望着我，以同一个颜色的哀伤
那些无法预料的命运
将一一穿过我

我赞美这样的爱情，不，我赞美所有的爱情
明哥，爱如剑回鞘
多么幽暗的光啊，却被我搂得
这么紧
我赞美你，约等于赞美了人间

我赞美这样的我：有这样的夜晚
这样的孤独
这样的你

2016 年 10 月 26 日

赞美诗

因为你而打开的夜晚。因为你而上升的水井
因为你而重新获得的哭泣，而重新摘取的侮辱
星子在窗口，倒扣的光阴溢出了瓦盆
不，我不要往回走，五月藏满杜鹃，它们喉咙的血
叫我恐惧
我重新获得火焰山，我就重新获得火
我重新获得地狱，我才愿意再一次信上帝
我愿意糊涂，我信你
你生活的城市少女一阵阵出生，我是她们其中
最会哭泣的一个
你生活的夜晚妇女一个个死去，我是其中
最沉默的一个
一百个男人回到你的身体里，我诅咒
那些把诗歌读得动听的人不得好死
遇见你，我当然不得好死
今夜，我赞美死得糟糕的人
明天我如果还活着，就坐火车去远方
和别人喝酒

2016年10月30日

醒来

洒在被子上的阳光很淡
我又一次拉上被子捂住脸
这个上午不会有人打扰我
但是我羞愧难当
我梦见他赤裸的身体
他拉着我的手求欢
我一挣扎，梦就醒了
阳光照着一个犯错的女子
天知道我爱了他这么久
从来没想到他赤身裸体的样子

2016 年 11 月 3 日

致

1

这是多大的恩泽：这样的年纪
还能遇见
而我骨头里重新生长出来的月亮和轻风
仿佛能够遮住我自己的罪恶
一想到将要面对你洗心革面
我就如同一个没有羞耻的孩子
泪流满面

2

我也将获得崭新的孤独
在这样的孤独里，逆风逆行
而亲爱的，你会获得崭新的爱
叶子一样，绿在你指尖
这样的时候，我更像尘世里的俗女
这个时候
尘世里没有一个俗气的女子

3

我爱过的人都带给我花朵
如今我给了他们一个遥远的春天
啊
我只是想和你在园子里坐着
看苹果一个一个落下来
我不吃
我不得已闻见它们的香

4

爱情能够给我的
你只有一部分
我是让我自己的眼泪供奉着的
你会沉默多久
才能一步步
远走？她已经死去
我替她爬行

2016年11月13日

没有好天气的日子

是的，我们一眼就看到了阴天
这赏心悦目的事情抵消了坏心情
一个矮个子男人在他房间喊：我是个作家
好多天了，人们不知道如何搭理他
给他一百个身份吧
给到国王就再没有给的了
他没有河山，也就没有破碎
破碎属于金黄的仇恨。他搂着另一个男人的脖子哭
仿佛已经上吊过了
总之我要选择一个他没有践踏过的村庄
让陌生的鸟落在窗台上
一个人从梁上的绳子套里滑出来
把赞美世界的事情留着明天
今天是阴天，但是不坏
晴天的时候就会有人雕刻墓碑
刻着刻着
就拼凑出了一个名字
这个名字恰好是一个人的

2016 年 12 月 11 日

一个上午就这样过去了

我找不到和从前不一样的生活方式
也找不到区别于昨天的阴天
房间里的书不多，能够读完的更少
而一个人哀伤起来
几乎什么也干不了
比我幸运的人在不远的地方拍电影
虚拟的场景产生真实的眼泪
他需要这样
如果此刻给一个人打电话
我颤抖的声音一定会让他误以为我干了什么坏事
而坏事是有安排的
一个怀揣绝望的女人每天化妆
穿带钢圈的胸罩
她想把用坏的生活掰直
就这样徒劳无功地迎接黑夜

2016 年 12 月 12 日

比死亡更沉默

比海水更蓝。比波浪无常。比波浪上的风
更不知来处和去向
在如此浩瀚面前，允许我低下头
哭泣

夜运行到海面上，尖利的礁石都隐匿起来
隐匿最深的，是昨日的沉船
比沉船更深的，是一个人胸口上的
星光

比死亡更沉默的，是我在爱你
这充满好意的黄金般的死亡
没有比爱更沉寂的事物了
风摇晃着我，如摇晃着一个
谎言

2016 年 12 月 12 日

安静的院子

一个人将在这里空度余生
回忆前半生的雨水

一些陌生人来过她的房间
带来动荡的消息
一个人从她的院子里走出去就成了陌生人
院子里月季依旧开放

她年老的时候读年轻人的书
也爱慕他
——多么寂寞的事情啊

她说过太多一针见血的话
这样真不好
几只猫不管这样好不好
它们在椅子上晒太阳
占着她的位置

2016年12月13日

玲儿

玲儿是一个瘫子
20 岁时喝农药自杀
玲儿爱着一个男人：她的明哥
现在是我的明哥

我们的明哥在城里
我和玲儿在乡下

玲儿死的时候喊明哥的名字
现在我和她一起喊
她在坟里，我在阳世

风吹过坐在她坟头的我
风再吹不到她
风吹着清白如玉的她
吹不动浑浊如泥的我

风把玲儿坟头的草吹青了又吹黄
风把我的眼泪吹干了又吹来

阴阳两隔的两个女人
在夕阳里都有漫长的影子

玲儿啊，你如果不用死亡
骗取明哥一篇悼词
我怎么会用一生的悲伤
爱上他一时的哀痛

2016 年 12 月 14 日

无题

我们相拥
雨打在落地玻璃窗上，一个城市
湿漉漉的人
那些盛开过的花朵使出全力也无法重新回到
枝椏
你抚摸我笑着的右肩
我藏起已经蓄满泪水的左肩
从此以后，谁会面临更大的缺席
你抚摸我充满了叹息的身体
又白又冷的叹息
落了一地
碎裂的光影
覆盖一直叫唤的兽头
我叫了出来
我不是你的
也不再属于人间

2016 年 12 月 20 日

在合肥

在这叫亚朵的宾馆里
在这被雨水包裹的 13 楼
她抱着一个地狱
预备好了上，也预备好了下
人都有欺凌之心
她回收着一条大蛇生出的无数小蛇
这些梦里出没的东西
她把它们收进陌生的房间
如果有人敲门就放出去一条
这个人就成了熟人
而熟人不能解决百合花
不能解决情欲的冰凉
她怪罪于生命的本相
怪罪于自己
持续哭泣

2016 年 12 月 20 日

红色纽扣

凌晨 4 点，台风撞击 16 楼的玻璃窗
庞大的事物死去，纤细的一一复活
雨水来自于蔚蓝的海面
夜行人消失于夜
她在这个宾馆呆了几天了
每天在活动椅子上旋转，直至听不到
雨声
旋转的缝隙
佛陀出现一会，她想念的男人
出现一会
凌晨 4 点，她扣上衣服上的红色纽扣
从下往上
如同爬出地狱
在第四层上恰到好处地停下
空了的椅子还在旋转
停不下来

2016 年 12 月 22 日

桐山文化工作室
TONG Hill
出　品

[卷首] Frontispiece

月山行 005

[群像] Group

庆山（安妮宝贝）：生活，书写，爱 009
余秀华：在干净的院子里读诗 028
苏白：白云洞的修行者 046
书云：魂归新桥 059

目录
Directory

[随笔] Essay

京都的片段 文 | 苏枕书 082
冷大海 文 | 周嘉宁 099
金色轮廓 文 | 祝冬安 108

[小说] Novel

祥云弥渡 文 | 于是 117
大海微青 文 | 月山行 135
啊！糟糕的日子 文 | 重木 152
回归 文 | （苏）安德烈·普拉东诺夫 译 | 金东升 168

卷首

月山行 /

生活是时间的同谋者，在如谜的静默中，它有一张复杂的面孔。

年幼时在父母呵护下，我对生活缺乏概念，觉得无非是一种衣来伸手饭来张口的日常。成年后与它面对面，开始思考一个问题，融入当下最前沿的社会制度中去生活，并跟随它的改变而变换自己的生活，还是尊崇自己想要的生活模式去生活。在这之间做选择，还要考虑自身与这个时代、这个社会中大众既定的观念能否和平共处。

一个平凡人的一生，从出生、成年到组建家庭，是在三点一线的生活中变老、结束生命。成年后，知道在这大众既定的生活模式下，有一些人在年少时就已去世，有的选择不结婚，没有所谓美满的婚姻生活，还有一些人可以不用朝九晚五地工作。

从古至今，社会制度的建设衍生出不同的职业，不同的职业衍生出不同生活方式的人群。农民和工人，深山中的居民和城市钢筋水泥中的上班族……但随着社会制度越发健全、过于制度化之后，越来越多的人涌向城市，所有人都在过渡为城市人，所有人都因对高科技的依赖改变了自身作为自然环境中一员的身份。在既定的固有的观念牢笼中，人的选择权从无形中被剥夺了，或者说，即便有选择权，也丧失了选择的勇气。更可怕的，是因为根深蒂固的刻板印象，导致被世俗观念洗脑后失去这种辨识能力的那部分人群。

但无论怎样，总会有少数派。这些少数派，为机械化的现代人提供了另一种可能，尤其是那些受困于现代社会桎梏的年轻人。

这些少数派，他们没有顺应时代去生活，而是开辟了另一种独属于自己的生活方式。他们和这个时代看上去仿佛没有太大的关系，然而这样的生活，究竟是如何形成的，如何运作的？这样的生活内容是什么？这些，都给现代社会洪流中的平凡人一种参照和思考。

再细致地说，我们的疑问是，在这个科技、娱乐和物质的时代中，还能够安然无忧地过着“采菊东篱下，悠然见南山”的生活吗？可以过着不结婚不生孩子一个人过的生活吗？可以过着不用朝九晚五三点一线的生活吗？诸如此类。这是我们要探索的一个方向。

我们想看到那些无论是小众的、边缘化的、被归为异类的，还是不同职业、阶层、地域，甚至不同时代中人们的生活万象。有人做出了改变，而有人依旧在孤独而艰辛的道路上越走越远，越发精进。

群像

Group

009 庆山（安妮宝贝）：生活，书写，爱 采写｜月山行

028 余秀华：在干净的院子里读诗 采写｜月山行

046 苏白：白云洞的修行者 采写｜月山行

059 魂归新桥 图文｜书云

庆山（安妮宝贝）：生活，书写，爱

采写 / 月山行

一九九八年，互联网进入中国，最早一批接触到它的人，是政府、银行等国有单位中的白领阶层，那时网络始兴论坛，上面聚集着国内首批高质量网民，大家在论坛上发帖，也有人开始写小说。

路金波、宁财神、痞子蔡，他们是第一批在互联网上写小说的人，后来随着互联网的普及，他们得到大量的关注。那时候，还有一个年轻女作家也开始在互联网上崭露头角，她给自己取了一个笔名叫安妮宝贝。

安妮宝贝贴在论坛上的作品，很快因其风格独特而引人注目。大家这样评价她的小说：像开得如火如荼的彼岸花，神秘、绮丽、妖艳，充满令人着迷又窒息的宿命感。只短短两年，她的首本小说集便出版问世，封面上写着这样一句话：网络上风头最健的新生代作家。

安妮宝贝的成名，将她置于风口浪尖。网络上对她的评价形成两极化，传统出版界将她划入边缘的异类，但即便这样，也无法阻止成千上万的读者甘愿成为她忠实的粉丝。

她从不公开露面，即便成名，也一贯保持低调，离群索居。这样，更加突显她的神秘。面对公众的猜疑，甚至谩骂，她统统不关心。依旧写作、出书，保持一年一本作品的速度。她看上去似乎与这个世界并无多大关系，但看她的作品，又道尽了人世间的巧合与苦难。早期作品中对情爱的沉沦，以及散文中对物的独特审美与迷恋，让她无形之中成为一个固有的形象，深深烙刻在读者心里。球鞋、白裙、茂盛的黑色长发。一张桀骜不驯的脸，没有太多表情，素面朝天，面对任何事情都非常决绝。

直到她写出《莲花》，这座丰碑的诞生，彻底扭转了她早年网络作家的形象。此后，她成为千万读者的精神导师。有人说阅读她的作品仿佛读经，让人心安。也有人把她后期的作品比作药物，当他们阅读的时候，内心深处的疮口慢慢愈合。

她能写出这样的文字，和她的生活不无关系。

安妮宝贝的家乡在宁波象山县，那里靠海，有山，夏天的时候有台风。季节分明的南方小镇，塑造了她性格分明的特质。年幼时在乡下的外公外婆家生活过很长一段时间，乡村生活给予她对自然的敏锐观察力。她在作品中写，那时外公带着她去山中掏兰草，夏天刮起台风，大街上吹断的梧桐树散发辛辣芳香。村头的一座古桥被拆毁，只剩下一根桥墩。夜晚睡在乡下外婆家青瓦房里，古旧木床散发独特木头香气。外婆喜欢做糯软的团子给她吃。这些童年的生活经历，赋予她丰沛的情感。成年后写作，这些成为她的宝藏。

如今改名庆山，她的生活更为沉静，如一潭静谧无波而深不可测的水。她研究宗教，认定宗教是一门深厚的哲学，有取之不尽的真理。她时常去藏区寺庙小住，做义工，帮助寺庙里的师傅烧茶煮粥。也去尼泊尔和印度，她喜欢这些宗教信仰浓厚的国度。她的写作与生活成为一体，探寻世外高人，为此专门著书，取名《得未曾有》。这也是她写作十余年，改名后的第一本书。也如近作《月童度河》上的一句话：如春光寻觅到山峦，如明月感应到净湖。这是她如今的生活内核。

对话

"想以后逐渐离开城市。"

月山行： 在家通常怎样度过自己的一天？

庆山： 如果写作，我就会有很多时间在工作。工作结束了，会出门旅行一段时间。在家会看书学习、养育花草、打扫整理，每天早上五公里步行，孩子放学了陪她一段时间。每周也会与朋友们喝茶、读经。

月山行： 最近去了哪里旅行？最喜欢的是哪里？旅途中有何收获？

庆山： 这两年我较多是在藏区。经常去的是日本。最近想去看一个圣湖。

月山行： 早年看《清醒纪》时记得谈到吃素，现在还保持吃素吗？

庆山： 没有特意吃素，但平时饮食我很清淡、自然。也一直在实践过午不食，有些反复，有时会中断。希望最终会彻底。

TONGHill

月山行：今年花园里种了什么？喜欢什么样的植物？

庆山：我现在对花草没有格外用心，种的都是别人送的种子、幼苗，把它们养大。只要是活的，我就养着。

月山行：提到不断收到各种大学的讲座邀请，以后会去参加这类公开活动吗？

庆山：目前还没有。以后会组织一些合适的形式，互相交流。我不反感活动本身，是觉得有时一些活动过于形式化和杂乱，人们围在一起拍照、发微信，忽略了实质性沟通，这样没有意义。

月山行：也提到做完俗世的事情后，想和爱的人搬到山中，过种菜种花养猫的日子。之前有朋友说在大理遇见你，目前有确切的目的地吗？

庆山：目前还没有。但我的确想以后逐渐离开城市。

"我的心是很安静的。"

月山行：在写作中会遇到什么问题？最大的问题是什么？

庆山：写作没有什么大问题。写作是由自己的心带动起来的。所以，一直保持学习、探索，是个比较漫长的高强度的事情。

月山行：你提到时常去咖啡店或者在安静的乡村租一个农舍写作。在安静与吵闹的环境下写出的文字会不会有所不同？更喜欢在哪种环境中写作？

庆山：我都可以的。写作需要少一些俗事打扰。但这有时候不容易做到，因为毕竟还需要照顾孩子。

月山行：写作时长久闭门不出，突然进入人群中，会不会有不适感？

庆山：我的心是很安静的。长时间一个人独处，也没有什么波动。

但进入人群，与人互动，也并不隔膜，也没有年少时候的封闭和敌意。这是自己的修习所带来的结果。

“外界是由我们的心投射而成的。”

月山行：在《净化》中你说，到这样的年龄，不可能再是以往那个写着早期的动荡情爱和黑暗青春的人。如今的写作主题是什么？

庆山：其实我所有的书都是在写人与心灵的关系。先探索自己的心，再去理解他人的心。外界喧嚣沸腾，但很多信息与我们是没有关系的。人如果连自己的心都无法感知、控制，外界又有何用？外界是由我们的心投射而成的。我希望用书写，与读者一起去探索这个心与自我领悟的关系。

月山行：现今社会中，很多年轻人受到拖延症的困扰，究其原因无非是自身难以摆脱的恶习和懒惰造成。在你一贯的写作中，一直强调惜时惜物，在生活中要做到优雅，而优雅的首要是珍惜生活，认真对待生活的每一刻。扫除时，全身心投入扫除，做饭时也同样。这让我想到，你是否会时常给自己制定日程表，每日按部就班依照表格上的计划度过一天？你会给那些道理都知道，却始终难以做出改变的年轻人一些什么样的建议来摆脱拖延症？

庆山：我有大概时间表，就是写作、旅行、放空、学习、再写作。没有特别具体的时间表，因为每天生活都会发生变化。有三种懈怠，对应该做的事情拖延懒怠，沉迷低劣俗事，自轻沮丧。这些是可以对照的。如果人们有拖延症，一般可以在三条里找到对应。

月山行：你说自己是个物尽其用的人，手机摔到无法发出铃声和震动依旧在用，直到有人赠送新手机。然而如今社会，地铁上，甚至走在大路上，很多人都在低头看手机。不少年轻人迷恋物质，为了融入圈子，手机要最新款，衣服要赶上潮流，为追逐表面上的美丽去整容已成为家常便饭，你如何看待这种现象？

庆山：年轻人可能需要经历一段物质时期，来弥补自己内心的匮乏。但这个时期不能过长，否则，一生都会被它奴役。

月山行：现今随着网络的普及，欧美流行文化的侵入，比如在许多美剧、欧美流行音乐中，都大量充斥着对金钱、性、毒品的痴迷。脏话连篇的歌词，大量裸露的滥交和血腥的镜头，一些年轻人在这样的熏染中成长，导致认知和观念上的趋同。你如何看待这种现象？

庆山：社会的文化污染很严重。隔绝有一定必要，人要有意识地切断自己没有任何觉知的沉溺。我很多年没有看报纸、杂志、电视，也不看新闻。同时，始终保持学习一些有体系有深度的内容。这最终是对我们自己有益的。被世俗潮水拖着走，会一无所获，又心中躁动。每个个体都注重完善自己，社会也会逐渐趋向完善。

月山行：年少时觉得重要的和不重要的是什么？现在觉得重要的和不重要的又是什么？

庆山：年少时，觉得被人爱很重要，对如何去生活没有想很多，觉得怎样都可以。现在觉得，如何去爱他人很重要，以什么样的心态去生活很重要。不重要的是周遭的评价和判断。

“感情需要智慧与慈悲。大部分感情，既没有智慧，也没有慈悲。”

月山行：早年的作品中所描绘的相爱和现在作品中所描绘的相爱有何区别？

庆山：早年作品中描绘的相爱有比较多自身没有解决好的问题，因此经常也是有损伤的。现在的作品中的相爱，是有觉知的，其最终目的是趋向自我完整与和解，也能够给予彼此自由。

月山行：如你作品中写到的那些爱情，年少时我们往往会在情爱的泥沼中一再跌倒，即便明白各种道理，分得清好坏，但都是无用。要经历的还是奋不顾身扑进去。年长后，是否对情爱会更放得下，更理性，更果决？如你在《月童度河》中所说，让自己陷入泥沼、倒退和麻烦中的感情关系，要果决地斩断。年长后，是否能够更轻易地做到这种果决？

庆山：感情需要智慧与慈悲。大部分感情，没有智慧，也没有慈悲。只有各种欲望、纠缠、损伤、苦痛。

月山行：有些人在感情关系中受到伤害后会选择独身，你如何看待独身主义者？

庆山：比起独活，有伴侣是更好的。因为这样就有了一个对境，可以检验自己的成长、完善。但前提是，我们要懂得如何去善待伴侣，否则就是在为自己制造烦恼。

“如果放下期待、恐惧，自由会带给我们深深的满足。”

月山行：在《月童度河》中你一直强调，自己和孩子是两个独立的人，彼此都需要学习和进步。你会放下她，长时间地远行或工作。印象深刻的一处是，某一次你要去寺庙小住两个礼拜，她着急地问：妈妈，你这次要去几年？当时觉得她这样留恋和依赖你，那样深爱你。再后来，你送她去寺庙过假期，她变得不再对你痴缠，只是远远对你挥手离开。这种转变的过程，在你心中会不会有失落感？长久的分离，会不会担忧她？会不会怕她觉得你不够爱她，对你有怨怼？

庆山：这书中的两个细节，不存在转变过程，是同时发生的。她小的时候，不怎么痴缠我，有一段时间我经常需要工作、外出。她长大一些之后，我会特意留出时间陪伴她，与她一起做一些事情，相处、聊天。我希望在她心里，我是一个有意思的可以做朋友的成年人，一个可以信任、欣赏的对象。所以，现在我们反而是更亲密的，她的心智也成熟了，可以理解许多事物。她知道我足够爱她，没有什么怨怼。我从不试图控制她、要求她。一直把她当作一个独立的个体对待。

月山行：以后会让女儿写作吗？

庆山：让她做自己感兴趣的喜欢的事情。

月山行：看到和女儿的温情日常，时常感动难言。印象深刻的一处，是你给她买了礼物放在客厅小桌子上，等她回家看到那些美好的小物件，内心欢喜雀跃。想，如果恋人之间有这样的关系，该是多好，那么赤诚天真而单纯的爱。你觉得这两种爱之间有何共通或可借鉴之处？

庆山：可以共通的。常人对伴侣较容易有挑剔、期望，对孩子也较容易有控制、期望。这是很容易伤害到对方的。如果放下期待、恐惧，自由会带给我们深深的满足。

“希望《莲花》《春宴》这样后期比较厚重的作品，能够在日后拍出作品。”

月山行：很早前就得知作品要被拍成电影，除了已经上映和确定会上映的《七月与安生》和《八月未央》外，还有新的作品开拍吗？

庆山：如果有可能，还是比较希望《莲花》《春宴》这样后期比较厚重的作品，能够在日后拍出作品。这些作品有可能更符合原著，因为原著本身够强壮。早期作品都是写得太快速的小故事，也没有太多深思熟虑。

月山行：自己要参与到电影改编的工作中吗？

庆山：目前没有任何参与。如果要参与，我需要清楚认知这个团队和他们的想法。

“只想沉溺和躲避在集体、人群之中，是软弱、懒怠，也是不独立的表现。”

月山行：微博刚兴起时，博客一一倒闭，看到一些写作者表示对微博这种快餐式信息感到排斥和不适应。你在《月童度河》中多次提及微信、微博，并且向大家分享自己朋友圈的面貌。从博客到微博再到如今的微信，你似乎一直都在热烈参与和娴熟运用。你如何看待拒绝网络甚至拒绝使用手机的写作者？网络对你的写作和生活有何影响？

庆山：时代的发展就是这样的，在可以坐飞机的时候，你也不可能骑马去旅行了。文字如果可以给他人带来一些帮助，那么让它们更直接更广泛地传递，是更好的。至少需要的人可以更方便地得到这些文字，

TONGHill

这对他们有益。仅仅是为了流动文字的工具，没有其他什么意义。我除此不在网络上有什么活动，不看乱七八糟的新闻、视频，也不参加任何组织、社团。网络就是收发邮件、传递文字所用。虽然文字未必对每一个人都是适用的、受用的，也会有人排斥或反对，但总是会对一些人发生作用。这是随缘的。

月山行：你多次提到修行，你是一个修行者吗？修行中具体要做一些什么？

庆山：我们每一个人都应该成为一个修行者。这是训练自己的心，让它趋向平衡和向上扩展的方式。修行具体怎么做，这是有次第的。最初级的可以从阅读、听闻、思考开始，再逐渐进入实践。

月山行：怎样理解“月童度河”这个书名？

庆山：这是代表一种行进的过程，同时也是代表流动、开阔、天真、有光照耀的一种状态。

月山行：觉得在《月童度河》里，你始终在围绕一个核心，关于人如何穿越妄想和欲念，寻找到自我所在实现超离，这点和《春宴》的核心相似。其中首发于《城市画报》的《长亭》也收录其中，阅读这个短篇小说会联想到《春宴》，它应该是《春宴》的前身吗？《月童度河》所围绕的主题与《春宴》是否一致？他们之间有什么联系？

庆山：《春宴》要穿越的是情爱、情欲的妄念。《月童度河》的范围更广阔一些，议题也更广泛。《长亭》是为杂志的情人节特刊写的邀约文章，所以，写的是男女之情，与《春宴》一样，也是由经过情爱历练来引发个人思考。但它不是《春宴》的前身。《月》更像是《春宴》的前身。

月山行：你的阅读似乎发生了一些变化，以往看对你的访谈和作品，提到多次的是古代笔记和典籍，在近作《月童度河》中，有更为宽阔的描写。诸如川端康成、辛波斯卡、阿多尼斯、吉根、麦克尤恩、安妮·普鲁等以往从未提到过的作家。现在的阅读面是否有所改变？

庆山：这些是我为写作部分保留的阅读。现在的阅读主要还是集中在经文。这包括大乘、小乘、金刚乘、禅宗、瑜伽、印度教、苏菲派等许多分类。我也读过《圣经》和《古兰经》。它们属于人类智慧的核心内容，远超过文学、艺术这些人为的创造形式。

月山行：阅读佛经的时候能够完全理解经文的要义吗？会不会请教师父？

庆山：有些即刻理解，有些可以逐渐理解，现在也有很多历代高人阐释经文的著作，自己探索、理解的过程更有意思。阅读经文不需要请教师父。

月山行：在《月童度河》中发现你的语言相较以往作品有更为口语化的倾向。《得未曾有》出版时，有人评论说语调变得很“三联”，更有人说你已经抛弃了“安妮宝贝”时期的语言模式。这本书中，近期写作的散文和较早写就的《月》也有语调上的不同。又比如，以前很少看到使用“呢”字或者问号，现在渐渐使用起来了。很多人一直喜欢你的书面语言，包括我，觉得极赋魅力。会坚持使用书面语吗？

庆山：《月童度河》的文字清简、质朴，较随意和口语化，有点类似笔记体。通常长篇小说的书写会显得更为精巧、优雅，也就是更优美一些。但散文中的观点直白朴素地说，较节省彼此思量。小说要搭建一个新世界，它是另一个体系。不是风格变化，是随体裁而描述有所转化。再从另一个角度来说，写作水平在提升，语言也会逐渐明净克制，而不是更加复杂繁冗。这是跟心力相关的。

月山行：《月童度河》中提到，朋友看到你现在写作的变化。朋友说的变化，具体是指什么？

庆山：变化很明显，我在《月童度河》里也写了，自己已经翻越过的主题，不会一再回去写了。他人再喜欢也不可能为他们而写。最好大家一起往前走。

月山行：在《黑枝豆》中你再次写到日本，一个有趣的观察是，在日本有很多单个出现的男女，无论街上还是地铁中都能见到。在国内，却是相反的现象，人们喜欢成群结队，害怕单独行动。你如何看待这种现象？

庆山：孤独是对人有益的。适当的孤独，可以让我们的心独立、沉淀、思考、有进步。只想沉溺和躲避在集体、人群之中，是软弱、懒怠，也是不独立的表现。

“这个时代科技发达，它对我们的包裹和捆绑过于紧密了。要保持一定程度的出离。”

月山行：有一年夏初时我梦见和你一起在藏区旅行，途中发现一朵盛开的花，不断地开出红、紫、蓝、青的花瓣。你说这是佛陀的花。在《净化》中，你也提到有读者写信给你，说梦见你。你如何看待在梦中与一个从未谋面的人相见？

庆山：我在书中也写过，有时见面与否并不重要，因为能量通过无形有形等很多方式在传递，尤其是心的能量。

月山行：在《月》中你写：“她的母亲，生性独立，所以也从未真正地溺爱过她。有时对她的需求或情绪故意不见，向前一步，等待她自己振作。也从不在别人面前炫耀她，认为她美或聪明。母亲一丝丝自豪或沾沾自喜都没有。”包括在后面你写自己年幼时因为爱的匮乏，导致自己的阴阳面失衡，一直觉得被爱得不够。在早年的作品中，诸如《清醒纪》里也写到和家中关系不亲密。《月》中描写的母亲，是自己母亲吗？

庆山：《月》写的不是我的母亲。我写母亲，散文里有真实记录。父母有他们自身的问题和局限，但当你成年之后，有了理解力，会发现他们已经付出了能力局限范围中能够付出的一切。他们是竭尽全力的。这需要成年之后才能体会。小时候我有叛逆心理，但现在对父母是完全接受和理解的。

月山行：年幼时我也有同样的经历，总觉得母亲不爱我，年长后才明白，是她们表达爱的方式不被那时候年幼的我所接受。但成年后，因为童年长久的内心爱的匮乏，导致有无法抹除和消解的缺失感。如今你自己有了女儿，在关于她的那部分文章中，时常被你们之间的互动所打动，那种没有任何条件的无私的爱，没有什么能比它更宝贵。你这样爱女儿，是否因为年幼时的遭遇，希望能够在女儿身上得到弥补？

庆山：由自己的经验出发，比较能够明白一个孩子需要的是什么。我尽量避免以无知伤害她的心灵，而是给她空间、自由，又有指引，让她自己慢慢往前走。

月山行：最近在读什么书，看什么电影？推荐几部好书和电影吧。

庆山：最近在读金刚乘的专业书。没有看什么电影，已经没有时间像以前一样看碟了。电影院如果有好电影，偶尔会去看，主要是去电影院这个形式有仪式感。如果要推荐书，还是读读《枕草子》《西游记》《聊斋志异》这样的古代的书吧。阅读与这个时代拉开一些距离比较好。这个时代科技发达，它对我们的包裹和捆绑过于紧密了。要保持一定程度的出离。

（本文图片由庆山提供）

余秀华：在干净的院子里读诗

采写 / 月山行

一提起余秀华，便会想起她诗歌里月白的骨头、奶奶的坟墓、枝头上的喜鹊与可以坐下读诗的干净的院子。读她的诗，内心有莫大的抚慰，仿佛一双粗粝而温柔的手抚摸过生命的脊梁。

二〇一五年，余秀华三个字突然出现在每一个角落。豆瓣网读书页面上广西师范大学出版社出版的《月光落在左手上》一直排在前列。邮局的《看天下》封面上，余秀华三个字被印得很大，很远也可以看到。后来，在凤凰卫视上也看见她，央视上有余秀华的新闻，微信朋友圈里也有她的消息。

余秀华在一夜之间红遍了整个中国，只因为她那首极具话题性的成名诗作，又因这首诗，牵扯出她苦难的生活。

没有成名前的余秀华，只是湖北横店村一名普通中年妇女，和他人不同的是，因出生时倒产导致的脑瘫，让她无法像正常人那般生活。年幼时父母走南闯北为她寻医问药，那段时光成为她记忆中不可抹去的部分，直到最后放弃治疗，认命。丧失基本劳动力，她只能在家里帮父母

煮煮饭，去地里割点草喂兔子，即便做些简单的事，也时常因走路不稳摔得头破血流。她有一首名作叫《我养的狗，叫小巫》，里面写她在田埂上摔了一跤，把手割破，小狗舔着她的血。

中学辍学后，母亲把她嫁给一个四川人，年龄比她大十多岁。那时的余秀华对婚姻还没有基本了解，按她的说法，是糊里糊涂就嫁了。这样的婚姻生活，当然不幸福，这种不幸福持续了二十年。丈夫常年在外地打工，只有过年才回来，夫妻之间像陌生人，支撑起这种关系的是现在读大学的儿子。

几十年如一日的生活，如一个谜一样度过。像马尔克斯《百年孤独》中经历时光摧残的老屋里赫然活着的独居女人，只有难挨的时间把一切消磨殆尽。如果甘愿如此，人心会被慢慢蚕食。所以，创作成为她对抗时间荒芜的强大武器。

因为余秀华，湖北给人特别的异域感，连同她的生活。四十多岁，农民出身，家境贫寒，出类拔萃的文采，一夜成名。作品一问世，好评如潮。与其说，她的作品吸引人，不如说是她的生活动人，如谜的不为人知的生活，总是让人惊叹落泪。

对话

“束缚我的是我在横店村过去的生活。”

月山行：现在有了经济实力，想过离开横店村到其他地方生活吗？

余秀华：我现在没有什么经济实力，就算有了也不想离开横店村，为什么有了钱就要离开横店村呢，横店村不好吗？这个村庄没有束缚我，束缚我的是我在横店村过去的生活。

月山行：现在的经济来源全部依靠写作吗？

余秀华：是的，现在的经济来源主要靠稿费。

月山行：有没有什么理想呢？有没有什么非常想做的大事想要完成？

余秀华：没有，我从来就是一个没有理想的人，过一天算一天，不会有理想。也没有什么想完成的事。

月山行：你觉得自己人生中带给你最大痛苦的是什么？带给你最多快乐的又是什么？

余秀华：我觉得最大的痛苦是婚姻的痛苦，现在这个问题解决了就没有什么痛苦的了。最大的快乐挺多的，我觉得快乐就是快乐没有什么大小的问题。

“做广播体操我都无法参加，这是我羡慕别人的地方。”

月山行：因为你行动不便的原因，童年于你而言，是一种怎样有别于其他孩子的体验？大家会孤立你甚至欺负你吗？印象中父母对你好不好？

余秀华：其实因为身体的原因，我和大家的童年区别还是很大的，比如说别人玩游戏、做广播体操我都无法参加，这是我羡慕别人的地方。其实别人没有怎么欺负我，因为他们都是和我一起长大的孩子，他们都不会欺负我孤立我，他们都很理解我，我父母对我也非常好。

月山行：当时你遇到不公的对待，父母怎样帮助你？

余秀华：我记得当时没有遇到什么不公平的待遇，而且即使遇到不公平的待遇我也不可能让我的父母给我帮忙。

“我觉得一个人不需要什么朋友。”

月山行：最近对自己定目标和任务了吗？比如明年要完成一本小说，或者年底要把家里重新装修这样的打算。

余秀华：我从来就没有什么计划，特别是看着计划做事。想写就写，不想写就拉倒。我的房子已经装修好了，明天就搬家了，也不需要计划了。

月山行：之前你一直强调名利会冷却会过去，现在离你一夜成名的那阵子已经过去这么长时间，上门采访的记者还多吗？家里是否又恢复了之前的宁静？对这种热冷交替习惯吗？

余秀华：现在没有记者上门采访，家里又恢复了之前的平静，这种冷热交替我很习惯。我也不希望很多人来打搅我。

月山行：成名前，很多采访的视频里有老乡说你平时不怎么出门，喜欢一个人在家里。和村里的人是保持一种怎样的关系呢？有没有共同语言？

余秀华：我喜欢在家里待着，到现在还是喜欢在家里待着，我不喜欢和别人交往。我觉得和他们没有那种交往的热情和心愿，也没有什么共同的语言。我觉得所有的人都是单独的个体，孤独的灵魂，何况是在乡村里这些世俗的农户，所以我的交流很少，我看我的书，写我的文章，根本不需要交流。

月山行：很多写作者在家会给自己制定日程表，早晨几点起床，几点跑步，几点写作，等等，这就是他们一天的安排，你平日里在家如何安排自己一天的时间呢？

余秀华：我在家里没有做时间表，想写什么就写什么，想什么时候写就什么时候写。他们那是专业作家，我不是。我想怎么安排就怎么安排，没有任何规划。

月山行：因为作家们的职业特性，有时候很长时间需要关在房间里写稿，孤独似乎是他们习以为常的一件事。你平时在家也是这种状态吗？你怎么看待孤独？

余秀华：我现在的确很孤独。但孤独这种事情，也没有什么可讲。

月山行：现在反而时常看到你外出的消息，尤其在近作的诗歌里可以看到，你去了重庆、合肥等地，身边都有朋友在。对你而言，你喜欢和怎样的人做朋友？在村子里有没有朋友呢？

余秀华：因为诗人们都喜欢我，因为我性格特别好，也特别能喝酒，所以他们都愿意和我交往，但我觉得他们不是朋友。村子里也有人愿意和我交往，但我觉得交往是很麻烦的事情，就把他们拒绝了，所以我没有什么朋友，我觉得一个人不需要什么朋友。

“我喝酒是可以让身体的痛苦减轻。”

月山行：很多作家都有一些爱好，或者说怪癖，比如村上春树喜欢跑步，甚至为此写了一本书叫《当我谈跑步时我谈些什么》，又比如很多作家嗜烟如命，似乎抽烟带给他们灵感。你平时有什么爱好呢？抽烟吗？

余秀华：我从来不抽烟，因为烟很像男人的生殖器官，所以我从来不抽烟，但我爱喝酒，今天中午就喝了一斤酒。

月山行：我知道你喜欢喝酒。为什么爱喝酒呢？酒对你而言就是那些作家们的烟吗？喝酒会让身体和精神上的痛苦减轻吗？

余秀华：喜欢喝就喜欢喝，还要什么理由吗？喜欢喝是因为一个人的身体对酒精的需要，我觉得这个不需要什么理由。别人既喜欢喝酒又喜欢抽烟，他们和我是有一点区别的，我喝酒是可以让身体的痛苦减轻，但这种痛还是会回来的，只是一时减轻。

月山行：从诗歌里一直看到你身体上和精神上遭受的病痛折磨，是从什么时候感觉自己身体不好的？为什么身体会这样糟糕？

余秀华：主要是因为身体的欲望很强烈，被身体的欲望折磨，所以就很糟糕，这个是主要原因之一。但我身体也总是不好，总是胃疼。

月山行：之前恰巧遇见你在医院，现在重视自己的健康吗？我父亲母亲就有一个习惯，病了或者身体痛，总是自己去抓点药就了事，要么就不管，让它痛。

余秀华：你遇见我在医院是因为我心情不好造成的，心情好就不会有什么事。谢谢你关心我。

月山行：忽然去了那么多大城市，比起自小生长的乡村，更喜欢大城市还是乡村？

余秀华：我很喜欢农村，喜欢我自己的村庄。

月山行：第一台电脑是什么时候得到的？刚刚接触网络时是什么感受？喜欢在网上做什么，会在网上购物吗？

余秀华：第一台电脑是 2009 年，我在钟祥论坛的网友们一起出钱买给我的。网络让我学到很多东西，不仅仅是诗歌，还有很多其他的。更重要的是大家之间有了相互的信任，我觉得这很好。

“忍受了二十年，是因为有了孩子。”

月山行：过去的那段婚姻是牢笼，是父母的安排。父母觉得女儿将来要有个人照顾，要有孩子，所以他们觉得这样做是为你好。而站在你的角度，这段婚姻等同剥夺了你生命中很长一段人生自由，而且是那段最美好的年华。为此，你恨你父母吗？在爱与恨之间是依靠什么支撑你度过这么多年的婚姻生活的？

余秀华：我从来不怨恨我的父母，我觉得他们是希望我好，但并不是所有好心都能够办成你希望达到的事情，所以不能怨恨任何人，包括我前夫。我忍受了二十年是因为我孩子的关系，能够忍受下来我觉得主要是孩子，因为孩子的存在。

月山行：成名之前，觉得一直受父母照顾，很多事情因为身体不好而无能为力，成名之后，突然有了独立的经济，在巨大名利之下的心态和成名前的心态有什么不同？

余秀华：其实从根本上说前后差别不是很大，只是觉得现在心里有了一点底气，以后自己的生活有了一点保障，而且能够支持儿子一点。其他的没有什么改变。

月山行：在父母面前，突然有了能力，会有终于争了一口气抬起了头的欣慰感吗？或者说，会不会有一种终于可以照顾和回报他们养育之恩的自豪感？父母面对你的成名和经济独立，他们的心态有什么变化？

余秀华：当然，我父母的确感到很欣慰，他们甚至觉得很自豪。但我觉得养育之恩并不需要回馈，我也没有自豪的感觉。

月山行：爸爸身体还好吗，他在村里做什么工作？每天家里做饭、干农活、打理家务这些琐碎的事情都是爸爸负责吗？会让你帮忙吗？

余秀华：爸爸身体挺好的，他在村里没做什么工作。家里这些事情都是爸爸打理的。我现在没有什么活干，我也没怎么帮忙，就是做做饭。

月山行：中午去哪里玩了？是去亲戚家吃饭吗？

余秀华：我小姨搬新家，我们喝酒去了。

“没有任何一个男人可以真正地吸引我。”

月山行：听说之前有个喜欢的人比你大很多，是怎么喜欢上他的？觉得他哪一点打动了你？

余秀华：这个是假消息。因为说的那个人是我一个朋友，这是作为对一个朋友的喜欢，不是对情人的爱的喜欢。如果是对朋友的喜欢的话，那么我有很多喜欢的人。其实要说一个女人对一个男人的需要，很多时候女人是不需要男人的。孤单寂寞的时候，在某一个时间段需要一个安

慰，仅此而已。没有任何一个男人可以真正地吸引我。

月山行：在你心目中的完美对象应该是怎样的？他应该具备什么样的条件和个人品质？而在实际生活中，你希望得到一个怎样的伴侣？

余秀华：我觉得人无完人，每个人都不可能是完美的，所以也不知道完美的对象，这个完美对象是不存在的。我觉得一个人不管是周围的人还是知心的爱人，他只要具备良好的品格，比如宽厚、善良、有包容心，我觉得都可以。在实际生活中我从来没想过需要一个伴侣，我觉得我是不需要伴侣的。

月山行：初恋是什么时候？对方是怎样一个人？现在还有交集吗？

余秀华：我从来没有过初恋，只是读书的时候懵懵懂懂地喜欢过两个男生和一个老师。我觉得那都不算初恋，不算作喜欢，现在他们和我都没有什么联系。

月山行：我以前不觉得，到现在这年纪，很羡慕我父母之间的感情。他们六十多岁，在一起几十年，风风雨雨走过来，带大三个孩子。到现在，特别是逢年过节回家很害怕看见他们，但又不得不回去，因为很挂念，但一看到他们头发又白了很多，皱纹更深了，就觉得难受，之所以难受当然因为意识到他们会很快离开我。我和姐姐有现在的生活，从某种角度讲，都是他俩辛辛苦苦建立起来的。到现在，两人和睦共度到晚年，我觉得他们的一生很精彩。虽然时常小吵小闹，年轻时候还动过手，但两人始终很恩爱。我现在年纪一到，谈过些恋爱后，非常羡慕他们这种状态，觉得自己以后也想要这样的关系，但现代社会真挚的感情越来越稀缺。尤其年轻一代的独生子女长大后，非常自私，很多人完全不明白怎样去爱一个人。在你印象中，你父母是怎样走过来的？你怎么看待你父母之间的感情？是否也希望以后拥有这种烟火人间的二人生活呢？

余秀华：我从来不羡慕我父母之间的那种感情，我真的不羡慕。而且我父母一直是一种吵吵闹闹的状态，到老了的时候才好了点。反正我不羡慕他们，我觉得各有各自的生活。

“我觉得真正的门当户对是精神上的门当户对。”

月山行：常有人说婚姻是坟墓，是爱情的终结点。婚姻意味着激情的冷却，迎来冗长乏味的蜡黄日子，甚至束缚。而有的人却说婚姻是殿堂，他们向往婚姻中平稳安宁的状态，步入婚姻之后就不用再害怕孤独和无助，两人可以互帮互助，一起完成自己的理想，尤其在事业上，亦或者创建一个完整的家庭，不会再有令人不安的漂泊感。那你觉得婚姻对你而言意味着什么呢？你怎么看待婚姻？

余秀华：反正我这一段婚姻我觉得不好。好的婚姻是能够让两个人互相扶持完成事业和理想，如果是不好的婚姻就是坟墓。总之，要看两个人的性格到底合不合得来。我觉得以前那段婚姻对我来说就是坟墓，反正我不再期待婚姻。

月山行：人们常说年少时的爱情很多只是好奇与探索，年长后对爱才有正确的理解，也能正确地真实地用心去爱一个人。也有人持相反意见，觉得成年人的爱更多出于功利性，人人都谈物质基础与门当户对，而年少时期的爱情才是不管不顾，纯真地全心全意地爱一个人。到现在这个年纪，你应该对这两种爱情都有大致的了解，你怎么来看待少年人与成年人的爱情呢？如果现在要做出一个选择，你希望得到哪一种？

余秀华：其实你这个说法是对的，少年的爱情是对于两性之间的一种好奇和探索，当好奇和探索达到一定程度的时候，他就会追求一种虚伪的安稳，但我觉得虚伪的安稳并不是爱情的本质。我觉得年轻人应该多谈恋爱，只有多谈恋爱才能够真正地生活，才能够对爱的本质和生活的本质进行一种根本的探索。当然人年纪大的时候更多的是需要一个家庭，这个家庭的条件，就包括经济的思考和门当户对的思考。在传统观念里，门当户对是包含了经济上的门当户对，但我觉得真正的门当户对是精神上的门当户对，只有这个精神上的门当户对成立，婚姻才能够共同进步。我觉得精神上一定要门当户对，至少不要为经济上的门当户对着急，我更看重的是精神上的门当户对。

月山行：现在有喜欢的对象吗？

余秀华：喜欢的人有，但是没有对象。

“我们是那种冷漠的母子关系。”

月山行：很多孩子和妈妈关系很好，你和孩子之间关系怎样？

余秀华：我和孩子的关系挺好的，是一种朋友的关系。

月山行：成名前和成名后，孩子对你的态度有没有什么不同？你的成名对儿子的生活有什么影响？

余秀华：没有任何影响，我还是对这件事一点都不关心，而且他大学同学根本就不知道我是他妈妈，他觉得无所谓吧。成名对孩子的生活也没有什么影响，现在和以前没什么不一样。

月山行：你觉得他为什么不给他朋友、同学讲你的事呢？放在一般的孩子身上，这是很荣耀的事情。你觉得他刻意隐瞒是出于什么原因？

余秀华：我不知道。他也许觉得不想影响他的生活，也许是觉得我的身体不好影响到他。我觉得这样也挺好的，为什么要让别人知道呢，如果是我的妈妈出名了我也不会去宣传她，每个人是每个人的事，是不能混淆在一起的。

月山行：我朋友和妈妈几乎每隔四天就会通电话，一打少则半小时，多则一个半小时，母子二人非常亲密，甚至还会在电话里撒娇。你和儿子的关系亲密吗？他会不会这样和你谈心？还是属于那种冷漠的母子关系？

余秀华：我和儿子不会这么亲密，我觉得这毫无必要，也没有这样谈过心，我们是那种冷漠的母子关系。有什么事情每天能打半个小时电话呢？

月山行：儿子喜欢看书吗，对创作有兴趣吗？在学校学什么专业？对你的作品又是持什么态度呢？

余秀华：这个问题我建议你去采访我儿子，我也不知道。

月山行：希望儿子以后成为什么样的人，对他有寄托厚望吗？以后他成家立业，会和他在同一个屋檐下一起生活吗？换句话说，很多家长到这个年纪都会幻想以后抱孙子，和媳妇如何相处的婆媳生活，你有想过吗？

余秀华：儿子以后能够成为什么样的人是他自己决定的，不是我希望他成为什么样的人他就能成为什么样的人。我对他没有什么期望，我只希望他获得快乐、幸福。能不能生活在一起，我也不知道，这要看具体的情况，说到这个我也睡不着。

“我是一个有诗心的女人。”

月山行：我读书的时候特别喜欢我的语文老师，因为她每次都把我的作文拿来当范文念给全班同学听，也许正是这样让我走上了创作这条路。你上学的时候老师有没有发现你的写作天赋？那时候的创作是怎样的？最初是基于什么原因创作？

余秀华：我读书的时候的确也有一点写作的天赋，但是当时在班里不是特别突出，因为我上的班是重点班，所以我成绩没有特别突出。我觉得任何一个人的爱好和走上诗歌的道路没有多大的关系。一个人对文学的喜欢和对诗歌的喜欢有先天的基因，有先天的基因也许是因为有诗心。我是一个有诗心的女人。

月山行：你诗歌中的意向，出现频率很高的有喜鹊、乌鸦、庄稼、小狗，等等，都是来自横店村的自然生态。现在村里新农村建设把自然生态都破坏了，这些诗歌的土壤消失后，对你的诗歌创作有怎样的影响？

余秀华：现在新农村建设对人的影响的确是很大的，比如 2011 年我写的诗歌里很少写到这些，就算写到也是想象里的。但我觉得生活是在不停前进的，这些东西的破坏也许是必然的，但也会有新的生态出现，未来生态的形态我还无法预知，如果说这些是原生态的可贵的东西，我觉得也未必如此，这要看你怎么看。我觉得诗歌不是受生活环境的影响，而是受心灵环境的影响。

月山行：如果可以选择，你宁愿选择以前的故乡，还是现在钢筋水泥的新农村呢？为什么？

余秀华：这个选择没有办法成立，因为以前的一切回不去，未来的也未知，这个怎么选择呢？

月山行：会为了创作特意去做一件事，或者去某个地方，或者找某个人吗？换句话说，会特意去寻找素材吗？你在诗歌创作上有什么讲究和技巧吗？如何把握诗歌的节奏与韵律？用词上，如出现频率很高的“摁”而不是用“按”，“疼”而不是用“痛”，在斟字酌句上是出于什么考虑？

余秀华：我在诗歌上没有什么讲究和技巧，都是随心而写，我也不知道什么诗歌的节奏和韵律，偶尔用一下节奏偶尔用一下韵律，但我很少用。我觉得文学的本质还是人心和人心的本质，其他都是次要的。“摁”呢，这个词和“按”是不一样的，因为“摁”是一只手指头摁下去，“按”是一只手掌按下去的，区别还是很明显的。

月山行：你看雷平阳老师的作品吗？怎么评价雷平阳老师的诗歌？在他诗歌里，总能看到你诗歌的影子在，感觉在内核上你们是一脉相承的。你怎么看？

余秀华：你是说雷平阳现在在学习我的诗歌吗？这个我真不知道。我觉得他的诗歌没有我写得好，当然诗歌的内核肯定有相同的部分，这个看你怎么理解，要我说我说不清楚。现在没读他的诗，都忘记了他的诗是怎么写的了。

月山行： 另外海子和木心的诗歌你喜欢吗？木心的诗歌和你完全不同，怎么看待他们的诗歌？

余秀华： 我没有读过木心的诗歌，也不知道怎么评价他的诗歌。海子的诗歌我很喜欢，但也不是绝对地喜欢，有一点批判地喜欢吧。

月山行： 你如何评价一首诗歌的好与坏？

余秀华： 这个没有办法评价，因为诗歌好坏和读者的欣赏水平和文学性有关系，但最基础的诗歌好坏还是有的，那些泛滥的抒情的诗歌就不好，还是要克制一点。

月山行： 走上创作这条道路受到过谁的启蒙吗？喜爱的创作者有谁？

余秀华： 我不知道应该怎么讲，我在上学的时候就读过新诗，也许觉得新诗这个形式适合我。我现在喜欢的诗人都是和我同一时代的、活着的诗人，我觉得他们和我活在同一个时代，他们看待诗歌的眼光可以带给我新的启发。

月山行： 平时阅读诗歌之外，也看其他的文学体裁吗？如小说、散文等。

余秀华： 是的，这些我都读，也读很多哲学类的、文学类的作品。

月山行： 看到你也在创作散文和小说，将来打算出版诗歌之外的书吗？

余秀华： 我打算下一本就出版一本杂文集，或者也有可能是别的。我也不是很清楚。

“说我现在的诗歌没有第一本好的，是他们不懂诗歌。”

月山行：现在写的诗歌和第一本书里的诗歌有什么不同之处吗？

余秀华：我的第一本诗歌和现在的诗歌好像区别不是很大，一定要有区别就是现在的诗歌平和一些平稳一些，情绪起伏得小一点。

月山行：有人说你现在写的诗歌没有第一本书里的诗歌好，你怎么看待这个问题？

余秀华：说我现在的诗歌没有第一本好的，是他们不懂诗歌，不懂诗歌的好坏。这个是他们的问题不是我的问题。

“不需要去装，而且装也装不了。”

月山行：范俭导演以你为题材拍摄的《摇摇晃晃的人间》获了奖，据说在国外放映时观众很受感动。她们希望你的作品能够在国外出版，有在国外出版作品的计划吗？

余秀华：我希望我的作品能够在国外出版，但是现在好像很困难，因为没有找到合适的翻译也没有找到合适的出版社，这个不能急，得慢慢来，是不是一定出版也无所谓。要等到机缘巧合，机缘到了就会出版。

月山行：拍摄过程中导演会要求你做什么吗？还是自然而然地流露？有没有表演的成分在呢？

余秀华：没有，都是自然的拍摄，只是偶尔有几个采访，偶尔有让我去田里走一走，这些都是自然的。

月山行：在电影里看见自己是什么感受？相比起电影里，在媒体采访的视频里看见自己又有怎样的感受呢？

余秀华：我在电影里看到自己是一个非常可爱的女人，在媒体采访里看到也差不多吧，因为在电影和媒体里都是自然地呈现，不需要去装，而且装也装不了。

几句闲话

月山行：现在除了写自己的书，还为其他杂志或媒体写稿子吗？忙吗？为我们读物写的首期诗歌专辑写得顺利吗？

余秀华：不忙，我没有为别的杂志或者媒体写稿子。你们的稿子还没写，时间还多，要的时候我就给你们，不需要专门去写。

月山行：为读者们推荐几本值得一读的好书吧。

余秀华：好，我为读者推荐三本书，第一本是《我们爱过又忘记》，第二本是《月光落在左手上》，第三本是《摇摇晃晃的人间》。好好读，读出生命的精彩，生活的精彩。（笑）

（本文图片出自纪录片《摇摇晃晃的人间》，感谢大象点映肖副球先生提供）

白雲古洞
福聚無量
福
善財供养

苏白：白云洞的修行者

采写 / 月山行

二〇一一年年初，我和苏白在网络上结识。那时我在网上写一些书评，他看到我的评论颇有共鸣，便发邮件给我，留了电话号码，我们因为共同的阅读趣味成为朋友。

春末，他从江西来到成都，和我相约去云南旅行。彼时我毕业参加工作不久，在一间酒店做服务生，生活很艰难。但因为年轻，不知什么是残酷，整天还很开心。虽然租住在火车南站天桥下三百元一月的胶囊房里，洗澡时香皂掉进蹲便坑还要捡起来再用，如此种种，还是让我觉得生活很美好。春天窗外树很绿，阳光灿烂，我为此可以开心很长一段时间。

在昆明时住在一栋危楼里，因为积蓄不多，又一边找工作。在云南日报社找到一份编辑工作，面试时，主任简单地问了几句便让我们签了合同。白天一起去上班，在楼下买一只饵块，一杯鲜榨花生奶，踏着早晨云南独有的八九点钟的阳光赶往大厦。生活看上去仿佛有迹可循，也有了一个目标，但很快由于难以忍受的停滞感，以及生活的重复，我们决定离开昆明去大理。

昆明的夏天给人无限美好感，我们在滇池旁边拍照，去山顶骑车，还有我们那说不好普通话的房东，都让我们怀念。只是工作的牢笼，也许真的不适合我们。

在大理，我们住在一户老人的院子里，老人时常不在家，偌大的庭院种满花草，恍惚间如同在异国雨林。这里没有时间，每天阳光灿烂，天空湛蓝。但后来觉得这并非真正意义上的追求，而更像是《哈哈镜花缘》中误入蚕女国的人，在美轮美奂的幻象中被蚕女呕丝、包裹、吃掉，从某种角度来看，这种生活像慢性自杀。对于年轻的文艺青年们来说，它当然有它的美妙之处。

晚上古城灯火通明，有来自世界各地的游人聚集在街边聊天，一群群白人背包客和嬉皮士席地而坐，裸露的肌肤上刻满文身，留着油腻的发辫，衣服破烂。他们弹吉他、唱歌、抽烟、大笑。苏白对他们感兴趣，每次要停下来观望很久，有时靠近他们，用简单的英文交流几句。他们说什么，我听不清楚，只是注意到他和他们身上有一块同样的纹身，一只圆圈里一架飞机，苏白纹在脚踝，他们纹在胸口和胳膊上。后来知道，这是嬉皮士的信仰，爱与和平的标志。原来苏白是一个嬉皮士。

嬉皮士原来指的是反对战争，提倡爱与和平的人，但如今有了另一层含义。人们眼中的嬉皮士，很多是指代滥用毒品和无所事事而流浪的年轻人。

后来从大理再去江西，辗转又去厦门，从最初的憧憬变成纯粹意义上的漂泊。动荡不安的生活，让旅途上的风景失去魅力。在厦门时已是冬天，住在增厝垵的渔村里。小巷子对面是一座教堂，但时常大门紧闭，见不到人。夜晚躺在床上，从窗玻璃中看见屋顶十字架发出红光。深夜时常刮起大风，能听见不远处传来的海浪声。有时白天去酒店做零工，有时连续一个礼拜也没有接到传讯。

在寂寥漫长的阴寒天气里，我们去厦门大学图书馆看书，深夜在隧道里看学生们色彩各异的涂鸦。互相追逐着，嬉笑着，但时常都因没吃晚饭，很饿。身上的钱就要用光了，只能去小卖部买一盒饼干果腹。回到自己的弹丸之地，躺在床上，半夜醒来，第一次觉得内心无比惶恐。这种生活是我想要的吗？它还要持续多久？我为什么而流浪？开始不自觉地想这样的问题。我想，我的旅途该结束了。我从没想过做一个嬉皮士，也无法去过流浪的生活。

年关将近，天寒地冻。我们各自回家过年。苏白的家在江西，先回了他家小住几天。

那天在分宜的列车站，他来送我。小镇上的乘客不多，候车室寥寥几人，大厅里白炽灯闪烁着冷漠的光。香樟的绿让寒冷加重了。很快，列车即将进站，警钟敲响。我背着一大袋行李，像只蜗牛，把我的所有都扛在肩上。转身与苏白挥手告别，那一刻感觉身体很沉重，转回去的时候，我感觉不会再见到他了。

从最初相约一起旅行到现在，没想到一上路就是一年。这是走在路上的一年，我的旅途已经结束，而作为一位年轻的嬉皮士，一个没有终点站的流浪者，苏白还在继续他的旅程。此后我们没有再联络。

二〇一七年，自旅途分开后已有六年之久，那天突然在微博收到他的消息。得知自与我分别后，他依旧过着流浪的生活，好多年没有回家。而如今，他在普陀山寺庙里修行，过着他曾经向往的出家人生活。现在算来，他已有近四十的年纪，但依旧远离尘世。普陀山白云洞会是他的终点吗？这让我想起《空谷幽兰》中，美国汉学家比尔·波特去终南山探访那些常年隐居在深山中的修道之人。苏白如今的生活是怎样的？在物质与娱乐至上的现代社会中，作为一个现代人，还可以心无旁骛地过着“采菊东篱下，悠然见南山”的隐士生活吗？

國泰民安
風調雨順
白雲古洞

对话

“只有自己的心改变了，才能默默地让周遭影响改变。”

月山行：过了而立之年的心境是怎样的？

苏白：我是三十二岁的春天来到普陀山的，已经整整四年的时间。抱着对世俗生活的出离心想要在佛法中找寻另一个世界或者境界。

月山行：去舟山之前是怎样的生活状态，是什么让你决定去舟山？

苏白：我来普陀山之前在扬州观音山生活了一段时间，尝试过了大半年的僧众生活。

我很感谢观音山的法融法师当年收留了我，并且给了我关于佛教的启蒙和初步认知。

月山行：普陀山白云洞是个什么样的地方，你现在所在的寺庙叫什么？白云洞是寺庙的一部分吗？

苏白：现今我居住的白云洞是普陀山一个天然修行的地方。白云洞就是寺庙的名字，藏在普陀山的深山中，鲜为人知。这里儒释道三教合一，鱼篮观世音留下得道的遗迹。这里也是传说中的白娘娘最早修行的洞穴。

我刚来的时候只有两个洞穴和一个简陋的大殿，只有一个老婆婆独居在这里。她一个人在山上住了二十年，我第一眼看到她就叫她师父，想来我和她也是天然的缘分。她是“文革”之后第一个住到白云洞来的人，所以她决心要把白云洞重新发扬光大，我便留下来和她一起，从拆迁到如今的重建已经过去三年的时间，白云洞才有了今天的模样。

月山行：在寺庙里一天的生活怎样安排，在修行中有什么心得？

苏白：关于我的日常生活，除了每天的早晚课和一些必要琐碎的劳作，剩下的时间都用来打坐、静修、诵经等。

生活就是修行，修行就是生活，做到内心平和很重要。远离尘世的山居岁月，让我更多地学会了用一颗平常心看待万事万物。因为这个世界不会为你也不会为任何人而改变，唯一可以改变的是我们自己的心。只有自己的心改变了，才能默默地让周遭影响改变。所谓境由心生，每个人都生起一点点慈悲心，这个世界自然会比现在要好一点点。我们内心也不会有那么多反面和负性能量。

“以前的事我们改变不了什么，但是从现在开始，一切都来得及。”

月山行：你在脚踝上纹了一个和平标志，你是嬉皮士吗？你是否觉得这种生活方式和嬉皮士的生活方式类同？早前对嬉皮士的定义是，一群反战争、倡导世界和平与爱的年轻人。而现在，嬉皮士有了另一层含义，更多的是贬义。人们觉得嬉皮士不讲卫生，吸毒、流浪、不务正业，有时和乞丐无异，你如何看待嬉皮士？其实说到嬉皮士，我会联想到你当时整个人的状态，你似乎一直很愤怒，这个愤怒指对这个世界的愤怒，对生活的愤怒，对社会现状的愤怒。你也很害怕，内心深处有一种幻灭感，仿佛觉得自己的世界在分崩离析。你内心有一座理想国，因为随着进入社会，随着成长，这座理想国坍塌了，所以你感到绝望。这些种种似乎都可以从你的情绪与话语中表现出来，你是否认同我对你的这种观察与分析？自己怎么看待这种状况？

苏白：我现在最热衷的仍然是爱与和平。我年轻的时候觉得嬉皮是一种理想的状态，可以纯粹地活在自我的世界里，不用为社会和世界负责，也许过于理想化的人都会对这个世界或多或少地失望，有些人甚至走到绝望的边缘。只有经历过最深的黑暗的人才知道真正的光明对自己意味着什么。

月山行：现在的自己比起当年，还情绪化吗？

苏白：我现在仍然会情绪化。每个人都有与生俱来的业力，只有自己才能彻底解决自己的问题。

月山行：修行对自己心态能起到调整的作用吗？修行带给你最大的改变与收获是什么？

苏白：修行让我学会了感恩，感恩自己的父母让我能够来到人世经历了这么多。我们每个人都是独一无二的。每个人都能够做好自己，这个世界就是最美好的。

月山行：怎样的人才适合修行？修行需要做一些什么准备，怎样去实践，有具体的步骤和功课吗？

苏白：与其说我们现在的习性是与生俱来的，不如说都是前世留在我们身上的痕迹。我们天生对某人有好感或者恶感，这也许和前世有关。为什么你投胎到今世你出生的地方，这个地方也是和你有因缘的，万事万物都有因果联系，所以我们多做善事就好了。以前的事我们改变不了什么，但是从现在开始，一切都来得及，佛法难闻，人身亦难得。珍惜当下，做好现在的自己就是最好的修行。任何人都可以，不分年龄也不分性别，只要下定决心即刻开始。断恶修善就是修行。

“修行就是修正自己的错误。”

月山行：之前阅读比尔·波特的《空谷幽兰》，讲述他去终南山探访深山中的隐士，你怎么看待这些隐士？你觉得自己和他们有什么共同之处？

苏白：现在的世俗生活的确让人生厌，很多人因为种种问题逃避或者一时兴起来到深山或者庙宇。听说现在终南山的茅棚都要被挤爆了，那些真正修行的隐士只有去往更远更高的深山。

月山行：以前和你接触，觉得你是向往隐士生活的，你是那种希望可以定居在大理古镇的人。但后面我发现，你对物质和世俗中的情爱也是热衷的。你觉得这两种情况在自身是否有矛盾与冲突？该作何解释？

苏白：我并不觉得世俗和隐士矛盾，就像物质和精神，必要的物质是需要的，人知足就好了。没有提供物质的人，我们也没有好的环境和时间更好地修行，而我们修行得更好也可以帮助到更多需要帮助的人。

月山行：曾经你对父母说，要去出家。这么多年过去，如今你在普陀山修行，这是你当初向往的那种出家人生活吗？真实的出家人生活和想象中的有什么不同？有幻灭感吗？

苏白：我需要解释一下，我虽然出家常驻普陀山白云洞，但我并没有剃度成为僧人，我们这里是居士林。我们白云洞也没有僧人居住，我们是民间自发修行的地方。我小时候就是喜欢安静的性格，所以对寺庙安静的生活我很适应，只是自己居高自傲的心很难调服，所以修行要慢慢来，修行就是修正自己的错误，包括身体口头意识等等的错误。修行难，修行也简单，因为道理每个人都明白，但要落实到切实的行动中就不是一般的人能做到了。

白雲古洞

“我已跟不上现今快速发展的时代的节奏和步伐，我宁愿做个落后于时代的人。”

月山行：那一年你迷恋行者，他穿汉服、吹尺八，崇尚古人的生活方式。以往你喜爱的一些服饰，老式的布扣褂，或一些有少数民族风格的衣饰，你内心是否也有行者那种对旧时生活的向往？你喜欢的作者，她曾说，她是个不合时宜的人，虽然身处现世，心却在古代，所以她喜欢《东京梦华录》中古人的日常烟火。你是否也是出于此种原因？还是只是因为单纯的对器物的迷恋？

苏白：我现在仍然崇尚中国古文人的生活，他们琴棋书画样样精通，他们懂得生活并且自得其乐。古人的审美的确到了一个不能超越的高度。物质科技发展突飞猛进，而现今有些国人的精神生活和文明素质的确到了让人发指心寒的地步。我向往过简单自足的生活，这和古人的生活在某种程度上不谋而合，我已跟不上现今快速发展的时代的节奏和步伐，我宁愿做个落后于时代的人。

月山行：曾经去看的那片钤阳湖，我在地图上查到，它现在的名字是江口水库。你说这座水库的兴建淹没了你童年时生活的乡村。旅途分别后，我曾猜测，你之所以有漂泊心，一直动荡无法安定下来过普通人的生活，但你又无比向往可以栽花种树、烟火人间的日常生活，是否是因为童年精神家园的消失导致的无法痊愈的心病？

苏白：我的故乡是江西分宜，一个千年古城，旧名钤阳，后因修水库而被淹。或许童年部分可以留到以后再说。

月山行：什么时候萌发了以后要去流浪，要去寺庙里修行的念头？

苏白：我十七岁离开自己的家乡开始流浪的生活，去过太多太多城市和乡村，几乎走遍大半个中国。我想，分宜是我此生的起点，普陀山白云洞或许是我此生的终点。如果没有意外的话。因为世事无常，我们谁也不能保证谁会在哪里、在哪个时刻死去。

“既然我们都只是来人间走一遭，并没有什么能够失去的。”

月山行：你怎样看待宗教？尤其你当下置身的汉传佛教。

苏白：尽管宗教有着种种让人误解的地方，可我想是因为世人对宗教缺乏了解。很多人连最基本的宗教常识也一无所知，只知道盲目地求神拜佛，一心想要谋求福报，不知道福报不是求来的而是修来的。佛教典故中，观世音菩萨经历过了累世累劫的修行才有了今天的功德。所谓的有求必应，不是你求什么就能得到什么。

月山行：如今这个年纪，内心有惶恐吗？为自己的未来设身处地地想过吗？比如不再年轻时，疾病缠身时，有没有积蓄，有没有人帮助。

苏白：我现在一点也不担心未来的生活，有了信仰之后，只是担心修行的时间不够，自己不够精进。未来的事我们谁也不知道，过去的已经过去了，连现在也不可得。既然我们都只是来人间走一遭，并没有什么能够失去的，又何必担忧什么未来和未知的存在呢？每天好好吃饭好好睡觉就是赚到了。

月山行：其实年轻叛逆的时候，察觉不到自己与父母关系中无法改变的血浓于水的联结。现在年纪渐长，他们也到暮年，这种难以形容的珍重情感渐渐浮现出来，心里渐渐会意识到，自己真的要在这个世界上独行下去，至亲不在的那一天终会到来。所以比起年轻气盛时会有强烈的回报之心。你如今对父亲还敌对吗？怎么看待自己与父母之间的关系？

苏白：我一直相信人与人之间有着殊胜而不可言说的缘分。我们能够相遇已经艰难，何况还有人能够与你相知相守甚至相爱。正因为这样，我们的父母因缘和合才生下了我们。佛法从来没有说过爱是有罪过的，佛法让我们不要贪爱，对每个人都要生起慈爱之心。

月山行：一般家庭中的孩子，到这个年龄大多已成家，且有了自己的事业。你和父母之前是否有探讨过这些琐碎的问题？他们对你做出的选择持什么样的态度？

苏白：自己过得好，父母才不会担忧，所以对父母也是平常心，如果太过挂念什么也做不好。所以中国式的父母们，你们也要放下自己的孩子，因为让他去过自己想要的生活才是真正爱一个人的方式，不是吗？

月山行：现在还保持阅读的习惯吗？读什么类型的书，为什么而阅读？

苏白：我现在不像以前一样阅读频繁，但是仍然保持阅读的习惯。喜欢古书居多，最近迷上希腊先贤的书籍，或许会有另一个维度的存在。世界对于我仍然神秘而不可言喻，所以让我们各自过着静默如谜的生活吧，陌生人，我也为你而祝福。至于其他问题，时间会给我们答案的。

（本文图片由苏白提供）

书云：魂归新桥

文图 / 书云

新桥地处温带，被起伏的丘陵环绕，加上盆地气候，这里四季分明。父母和我所住的房子建在一片小山下，从出生开始，我的记忆从这里出发。

二〇一五年年关，恰逢工作变动，在家迟迟未离开，一住住到春末，索性暂且不回城市，准备迎接夏天。给自己写一张计划表，早晨六点起床，在乡村公路上跑步。八点半回到家，烧水泡一壶粗茶，打开插卡式音乐播放器，搬一把竹椅坐在院坝竹影里看书。太阳升起，近中午，下地采摘母亲亲手种的菜。

四五月份，紫背菜、茴香、豌豆长势良好，兰花豆正是开吃的时候。常常采满满一篮提回家，剥开饱满豆壳时指甲里残留绿色汁液，喜欢那种辛辣芳香的气味。其间去屋后菜地采一把茴香，用土鸡蛋一起做一个茴香蛋。炒兰花豆，兰花豆与肥肉、牛皮菜一起煮，不会腻。紫背菜和猪肝一起炒，这是家乡惯常的做法，不光美味，还有补血的作用。这些菜式自小看着母亲怎样做，一点点学会。这样的食物，有情有义，吃下去有满足感。

到夏天，阳光热辣。新桥有一条小河流经，午后孩子们精神也很好，乘大人不注意，悄悄溜出家门去河中游泳。到傍晚回来，手中提着捉来的鱼虾和蟹，回到家交给母亲，晚上可以做一顿河鲜。家里的母猫是童年时父亲从集市上带回来的，已经十八岁，刚刚产下一窝小猫，齐齐在院中晒太阳。它已经不能像年少时那般陪我玩耍，跟着我去树林捉蝉，更多的是整天趴在楼顶或院子里不动，守护嗷嗷待哺的幼崽。母亲说它的牙齿不好，因为年老，很多牙齿已经损坏，犬牙也断了一根，吃饭吃得极少。尤其是生下小猫后，营养不足，骨瘦嶙峋。时常会在房前屋后遇见它，在阳光下给它拍照，因为阳光好。喜欢那些没有修饰的明媚的照片。

新桥夏天的傍晚，天空云朵成群，如白而肥胖的动物一般飞过树梢。在小树林散步，路旁大丛紫茉莉在开，夜幕降临时，晚蛾在花朵间跳跃，吸食花蜜。

四下寂静，独自走回家，在路口与母亲相遇。给她说，乡下的空气真是好，以前一个朋友，以为吸食花蜜的晚蛾是蜂鸟。她用家乡话笑道，那只是大天蛾。一边把手上一朵野生菌递给我，晚上可以做一个野生菌闷蛋。父亲的做法是摘一片饱满的南瓜叶，将野生菌撒盐和猪油，包在叶子里放在炭火中烤来吃。

这时，猫在远处花丛中呼唤它的幼崽。

外出打拼这些年，渐渐有诗句里的归隐之心。每每回到新桥，觉得如此生活未尝不好。有一份事情可做，可以记录生活，如果有爱的人陪伴身旁，觉得怎样都可以。静默如谜的恬淡生活，与外界保持沟通，不至于枯燥乏味。人应该怎样活着，是心态上的一个问题。

父亲是个用尽一生在沉默中栽种的男人，他给予我爱的方式就像新桥这座村庄里每一块土地一样沉默、厚实而肥沃。像《圣经》里，栽种有时，拔出栽种的亦有时。他给我最为直观的此种生活之感受。梨树、毛桃、橘树、橙、李、杏、核桃，他都能种活，还擅长嫁接。一棵树上可以开两种花，结两种果。对植物的迷恋，我或许从他身上得到完全的继承。所以，年幼时便开始开垦自己的花园，接连种了薄荷、月桂、仙人掌、紫鸭拓草种种。夏天，百枝莲密密生长，爆出大团深红与白的花丛，极远处也耀眼。母亲说，去年百合也开花了。

这样，春天开始，就有无尽的花在开，夏天数不尽的果实在生长，秋天的屋子里有成堆的坚果与橙，吃不完。

父辈这种沉默而劳苦的日常，教会我什么，无法说出口。我曾想象过，像父辈这样在远离都市的村庄里生活，春耕秋收，年复一年，将自己的双手双脚融入沃土，我是否能够坦然面对这种寂寥，是否有一颗足够强大的与世无争的心。后来觉得，虽然根基与他们有同样的底色，但我生在一个不同的时代，是时代让我们成为什么样的人，还是我们的心让我们拥有了怎样的生活？这是一道难题。

今年年关再次回到新桥。没有什么改变，只是父母看上去又老了一些。家里的猫已经过世，有了一只新的麻灰色小狗。

初春天气晴好，我在屋后发现一片紫堇，母亲过来与我闲聊，我手中捏着几粒瓜子，不知种在哪里，她说，瓜子要种在胶布下，蒸腾的地热会让瓜子很快发芽。种下瓜子，转而去拍花，她走来，问可不可以为她拍一张照片。

此刻想起，为他们拍照，是一件想了很久的事情。他们的老去，让我时常伤怀而没有勇气说出口，尤其是父亲。只能选择在某个瞬间快速拍下他的剪影。开始有意识地为他们拍照，问他们要年轻时的老照片。那天母亲在旧樟木箱子底翻出年轻时的身份证和黑白证件照，她梳了当时时兴的麻花辫，父亲穿着白色衬衫，如此年轻的两张脸，让我感到丝丝陌生的同时心里五味杂陈，他们也年轻美丽过，和我一样。

我举起手机，说，我要拍了。母亲很开心，站在花丛里笑容满面，我看着她蜡黄的面容，头发微微斑白，她已是六十出头的老人。但此刻，她的脸上有孩童般的笑容，眼神澄澈，望向远处的树。我按下拍摄按钮。母亲被定格，拿给她看，也许是目睹自己的衰老，连连说，不喜欢。

有时候激烈争吵，尤其是年少时与她顶撞，她会说重话，那我们就断绝关系，决然如一个暴烈的孩子。当我平静下来，发现自己和她实则有同样的脾性与质地，因为这样，年少时时常冲出家门离家出走。当下毫无眷恋，在陌生城市住久了，又彼此挂念。电话里绵长的琐碎关切，无法完全表达这种感情。

对他们的感情，如在密密缝起一块花布，长年累月，越织越长。到现在年纪渐长，感受到它的重量。

离家时，梨花正好开败，结出翠嫩幼果。院落里的竹影晃动，晚春三月早晨刺亮的阳光宣示着夏天即将来临。我独自带着猫，和拍下的照片，拖着一大堆行李，被压得很慢很慢。我一直在考虑，等事业稳定下来，要不要留在新桥生活，但心里还是缠着那个疑问，是时代让我们怎样去生活，还是自己的心让自己拥有了怎样的生活？我可能永远也想不清楚这个问题。

新桥的路旁总有紫茉莉，尤其家附近的水渠旁、小树林下，总有大丛旺盛的翠绿，到了夏初时节纷纷开花，胭脂红的喇叭小花一点缀，造就一番别致的景色。家乡人一直叫它胭脂花，还有人称之傍晚花，因为它时常在傍晚开放。

夏天炎热难耐，身体上火中暑，母亲采它肥厚的根来煎药服用。夏末秋初时，叶片下结出豌豆大小黑色种子，落入土中，来年和老根一起发芽，迅速扩张，又长成一片。有时长到母亲的菜地，凶猛得难以铲除干净。因此总对它心生偏见，觉得是低贱的植物，甚至不把它当花来看。后来离家多年，很少再见到这种乡野间的花朵，每每回家一见着，觉得无比亲切。这时仔细观赏起来，才体会到它的美在何处。

父亲已经六十多岁，和母亲风雨同舟几十年，将我和两个姐姐带大。所谓含辛茹苦，可以从他们身上切身感受到。记得年幼时家里穷困，所住的房子是土墙房，他们很早便出去割草，挣工分，换取珍贵的粮票。那时姐姐才十几岁，我还不太会说话。那是改革后国家飞速发展的年代，家里时常没有米。记得一次感冒发烧，躺在床上，一睁开眼便是天旋地转，母亲端着一碗番薯条来喂我。我觉得自己活不过当天，便流起眼泪。虽然后来逃过一劫，对此也难以忘怀。

那时要吃肉，父亲便去水田里捉黄鳝、泥鳅，拿回家煎着吃。据说同村一户人家孩子因为营养不良生了重病，父亲赠予几条黄鳝治好了孩子的病。这是后来知道的事，孩子是现在朋友的父亲，他们一家对我们很好，时常送一些礼物来。

后来“割资本主义尾巴”的风波过去后，父亲做了兽医，家里渐渐好起来。他和母亲日夜劳作换来我和姐姐的丰足生活，如今目睹他们年老，觉得亏欠他们很多。

百枝莲和月桂、百合种在一起，每年春末夏初时节，百枝莲绽放，有大红、红白相间两种，开到盛期，往往只见一团红火在烧，很远就能闻见甜腻香气。

月桂四季飘香。种下的百合种子，从单片小叶苗到成熟的植株，用了近十年时光。今年才听母亲说，百合开了花。今年夏天没在家，回来时只看见枯萎的花杆。来年夏天要有机会，要回去看看百合。

年幼时母亲喜欢养花鸭，一只只刚从蛋壳中孵化的毛绒小鸭从集市上带回家，由我负责看管照料。夏天一场暴雨，家门外的灌溉渠积满了水，水渠通向别人养鱼的堰塘，一涨大水，许多鱼逃到这些水坑里，躲在茂密的水草间。我赶着鸭群去水塘中捉鱼，喜欢观察它们。

山中小路上，因为连日的雨水，路旁长出地木耳，成群的蜗牛也聚集起来，啃食路面上腐败的枝叶。鸭子们也爱这些肥美的蜗牛，一口吞下一只，很快吃完。

仙人球和昙花是亲属，都在夜里开花。白天的花蕾还是一只紧锁的毛笔，夜幕降临时便纷纷膨胀起来，瞬间爆破，绽出王冠一般的锯齿状白花。花朵极大，开至沉坠，淡绿的花心散发浓厚花粉气味，引来天蛾授粉。天亮时花朵闭合，很快失去水分，最后枯萎、脱落。

这用尽全力的绽放和枯萎，只为与天蛾短暂的幽会，仿佛看见一次生命完整的仪式。

新桥没有噪音污染，使得睡眠很好，早起并不困难。喜欢早起，选择在清晨六点左右，天色微明，此时是新桥最美妙的时刻。万物还未苏醒，田野上空浮着一夜之间蒸腾的薄雾，稀疏的桉树挺立其中，寂静中眺望被朝霞染红的天际。深深呼吸，空气清冽，神清气爽。

家里的母猫已到老年，模糊中算算，它已经十七岁。每年生产小猫，营养不够，总是瘦骨嶙峋。童年时带它去树林里捉蝉，一路跟随，像一位好奇的小女孩。不知什么时候，已老得牙齿脱落，进食很少。去年夏天刚产下一窝幼崽，才哺育十几天，母猫便不明原因地离开小猫躲进竹林，很快抽搐而死。后来父亲说，也许是误食了药死的老鼠。

把母猫葬在柚树下，一边挖坑一边祈祷，要把小猫好好养大。先后去买来牛奶，一天天喂，相继有小猫腹泻，去世。后来知道幼猫无法消化牛奶，又换羊奶。还是不见好转。剩下最后一只，已经挨到冬天。虽然很活泼，看到我就跑过来，走到哪里跟到哪里，十分可爱。但几个月过去，它还是那样瘦小，没有长身体，我知道这不正常。

那天早晨起来看它，和之前的小猫一样，身体已经僵硬。把它们全部葬在柚树下，和它们的母亲一起。这只母猫陪伴我整个童年，失去这样一位朋友，心里空落。

寺庙建在山顶，山下是我的母校，我曾在这座学校度过了从幼儿园到小学三年级的几年时光。那时喜欢和同学去寺庙后的竹林捉迷藏，观察鸟窝中的雏鸟。寺庙里有面目狰狞的天王和慈爱的文殊塑像，一位老奶奶独自在寺庙里生活。如今，因为村中人口渐渐稀少，年轻人纷纷奔赴城市定居，学校没有生源，早已倒闭。剩下几间空教室，已经变成住房和杂物间。当年在学校旁卖话梅的婆婆也已去世多年，唯独山上这间寺庙还在。只是常年门扉紧闭，只有落了一地的野果无人打扫。

核桃树上有成群的蝉，静静匍匐，贪婪地吸食着汁液。蝉鸣持续一整天，空气中有被阳光灼烧后植物散发的热辣气息。

那天它很奇怪，匆匆离开幼崽，在我面前来回走动，急躁不安。仿佛要带我去哪里，叫我跟上。一直走到竹林，它脚步开始趔趄，摇摇晃晃倒在一处隐避的树根旁，嘴角开始吐出白沫。苍蝇成群，好像秃鹫发现将死的动物。叫来父亲给它服了药，挣扎半天，还是没有救活。

通常在一场大雨后，是去山里寻野生菌的最好时机。常常在林间落叶厚实的小道旁闻见一阵野生菌特有的香味，随后发现它白色的伞盖。用铁锹挖起隐藏在泥土里的根，如果还未绽开伞盖，带回家养在水里，傍晚再去看，通常已经长到原来的两倍大小。新桥的老人说，山中的野生菌是活物，常常在上山的路上看见它，回来再看就不见了。或许是逃走了。

母亲种的新鲜的番薯，第一次挖来吃。洗干净，削皮，切块，放在米里一起煮，吃起来糯软清甜。野生菌洗干净，和蛋打在一起炒。父亲的惯常做法，是摘一片肥厚南瓜叶包起来，放在火炭里，等火炭熄灭后取出打开，野生菌和南瓜叶的清香非常特别。无论怎样做，吃起来都非常滑嫩。

忽地笑开出大簇黄色花朵，和有名的曼珠沙华都是石蒜科。

在城市，因为空气污染，很少有机会见到漂亮的云。在新桥，整个夏天都可以看见它们，早上是漫天的棉花糖、鱼鳞，傍晚是松鼠和羊群。

午睡醒来，去田野里走走，脚下胡豆花田溢出蜜糖般香气。一阵大风，吹起绵延的草浪。有时被这样的场景吸引，独自坐在田埂上观望一阵，太阳滚烫，再起身离开。

洪水后的夏天，水塘里长出一株株野生芋。一场大雨后，叶片上滚动一盘珍珠。秋冬季节叶片枯萎，是吃芋头的好时节。处理芋头的技巧，是清洗干净后先用开水煮熟，这样可以轻松去皮，不用怕过敏。芋头有特别的香气，和番薯口感不同，吃起来更细软。

这座堰塘装满我童年的记忆。表哥是很会游泳的男生，那时十岁左右，每天中午约好来这里游泳。在水中，他抬着我，教我怎样摆动手脚，掌握技巧，其间很害怕，他背着我游到对岸。我不小心喝了水，他大笑起来。那时并不懂事，也从未想过危险的事情会发生。

后来一起的玩伴葬身其中。在我有限的记忆中，它夺走过两个孩子的生命。看上去这样安全的池塘，风平浪静，水底生长着巨大的贝壳和鱼虾，倒影中总有美丽的云朵和翠鸟蓝紫的身影。我的朋友死在这里，这让我难以想象。

后来连年干旱，塘底皲裂，贝壳死后露出雪白的内壁，那么干净光滑，怀疑肉身已独自逃走。虾蟹纷纷逃离寻找新的水源，翠鸟也已飞远。所有的残骸，在一个短暂的春天被疯狂的野草覆盖。

儿时和玩伴去竹林捉笋虫，用竹签穿起来，轻轻舞动，笋虫用力飞舞，权当作小风扇来扇风解暑。有人喜欢吃笋虫，用火烤来吃，据说很有营养。自己尝过，并不喜欢那味道，每每捉来回去给猫玩耍。猫玩累了，稍不注意笋虫便张开翅膀，只听见一阵嗡嗡声，转身时它已经飞走。猫矗立在原地，久久望着笋虫飞走的那块天空。

学生时代的暑假，是在蝉蜕的伴随中度过的。那时镇上有人收购蝉蜕，据说卖去做药，十几块一斤。为了赚零花钱，每天便和新桥的孩子去山上人家的橘园里摘蝉蜕。顶着烈日，在树与树之间来回，每天乐此不疲，现在看来更像一种寻宝游戏。那时从不觉得疲倦，仿佛有用不完的力气，为一件小事开心几天。后来在城市生活，因为噪音污染，每天醒来如同宿醉。身心和大脑无比沉重。

在玉米田旁边发现一朵绽开的野生菌，同辣椒田里采来新鲜的嫩椒一起炒。摘了新鲜的玉米，和白米一起煮，煮出的饭香甜可口。

喜欢姜花的香气，清雅而令人沉醉。花蕊中有清甜的花蜜，小孩喜欢拔下来吮吸。摘下来用清水养在花瓶里，放在窗前也很好。

在新桥，紫菊俗称泥鳅草，长于水边，春夏开淡紫色小花。旁边一般还长着车前草、金钱草、薄荷、蒲公英和马蹄金。年幼时生了胀气不消化的病，母亲用马蹄金与瘦肉混合，斩成肉馅，在院子里砍一截青竹，在竹筒上开小口，把肉馅灌入竹筒内放在炭火中烤熟给我吃。尤记得掏出烫手的竹筒，划开的刹那，竹香与肉香的奇妙滋味。

这些不起眼的草，如今知道它们每一味都是良药，利水、活血、清热解毒，跌打损伤、蛇毒、中暑，都可以治。

有时在林荫带的山坡，看见一丛丛翠云草，通常和金星蕨长在一起，喜欢它们精致的枝叶。

被昆虫啃食后的花朵，如同一段千疮百孔的感情，因为它曾经美好过。

年幼时种下的一枝爬山虎，很快沿着墙壁爬满，次年就攀上屋顶。根系越发粗壮，满墙茂密绿叶引来众多壁虎，密密麻麻的脚一度把墙壁上的水泥抓掉。父亲担心把墙毁坏，于是切断了它的根。爬山虎枯萎后，又种上金银花，花藤沿着枯萎的爬山虎攀上墙头，春天开出一大片白色、黄色的花瓣。空闲时可以和母亲摘下花蕾泡茶喝。

父亲牙齿不好，梨肉软而多汁，是他喜欢的水果。自从他种下两棵梨树，每到春天，家门外就开满两蓬白花。每年秋冬，果实还未完全成熟，山中的蓝雀便飞来尝鲜，每天消耗几个。有的坠落泥地里，腐烂后散发发酵的香气。即便有鸟来啄食，冬天到来前也可以摘一箩筐。梨堆在房间里，满室梨香，整个冬天也吃不完。

今年回家时梨花正好绽开，在家中度过整个花期，离开时只剩最后几朵零星的白花在开，有的枝丫已经结出青翠幼果。皎洁的梨花有送别的意思，它是只属于家乡的花树。

山药看不见开花，却结出石块般的山药豆。

曾经收集牵牛的种子，装在小袋中给远方的朋友寄去。牵牛、凤仙、紫茉莉，这些长在房前屋后的植物，仿佛亲人一般让人有家的感觉。

随笔

Essay

The silent mystery towards life 081

082 京都的片段 文 | 苏枕书

099 冷大海 文 | 周嘉宁

108 金色轮廓 文 | 祝夏安

京都的片段

文 / 苏枕书

一月二十五日：在镰仓

风景与心情有很大的关系，比如镰仓，我总在怀念。黄昏从东京搭乘电车，沿途的地名，正好对应手里匆忙翻看的《古书堂事件手帖》背景地。车上很多学生，很多刚下班的人，他们当中有很多，似乎冷静而疲惫。但我不是的，因为我是游客，怀着十分愉快又怅惘的心情，来当游客了。

江之岛是很好的地方，岛上有很多猫，潮湿的夜里，游人不多。乘坐略旧的小电车到海边，步行过长桥。走到高处，静无一人，只看到东面与西面海岸绵延不绝的路灯。

北镰仓就更不用说，小津的故地，永远女神原节子栖隐之所，东京文人名士没事儿都爱来度假的地方。出得小站，先到东庆寺，没有见到那尊水月观音。那观音像甚美，与我国造像风格全不同，说是镰仓习染宋风，于寺庙建筑、佛像影响颇深。寺内各种花，开得都好。白与紫的桔梗，楚楚可怜。白芙蓉、莲花、射干、卷丹百合、龙胆花、紫薇……丝毫不需要用力回忆，便记得那葱茏的园子。寺内所葬名人众多，铃木大拙、西田几多郎、岩波茂雄、和辻哲郎、安倍能成、小林秀雄等。前四位生前就是好友，身后葬在一处。

明月院，不负美名，山石流水，茂树幽篁。圆窗的风景素为人津津乐道，有许多著名的照片。寺内多绣球，五六月间最好，山道两旁遍是宝蓝团花。盛夏，有胡枝子花。

镰仓到处都是绣球，《古书堂事件手帖》里也说。因为这种植物很好养活，无需精心照料。

圆觉寺，位列镰仓五山第二，殿宇庄严。小津安葬于此。凭吊或附庸风雅者络绎不绝，以致墓园外不得不挂了牌子，提醒来人这是墓地，尚有别家在此。寺内有弓道道场，白襦蓝袴的少女们，在师傅的指引下，在碧树掩映中，起身、鞠躬、取箭、拉弓、完成、鞠躬、复位。

建长寺，镰仓五山之首，开山法师为兰溪道隆，第二代住持为兀庵普宁。

鹤冈八幡宫、镰仓大佛，非常热闹。想起《麦秋》里，纪子一家散步到大佛前。

又想起净智寺一处小门下一方匾额，上书：梅花树下。

在东庆寺，虽未见到观音像，但得到一枚小小的护身符，是那水月观音的姿容，包藏在浅青的符袋内。我多么害怕收藏这些郑重的东西，惟恐遗失。而又是多么欢喜，不单是因为那观音实在很美。

开始收在钱包里，不久，不放心，藏在手帕里。又后来有一天，翻开手帕，不见了。默默沿着之前走过的每一段路寻找。心里说，一定是找不到的。我弄丢的东西，从来不会找到。

怅然回到学校，打开钱包，发现最深处，这枚浅青色的护身符，不知何时，安然和身份证在一起。已在心中不断暗示接受失去的我，如蒙大赦，一时间不能自已。

二月十五日：神秘的旧书店

《古书堂事件手帖》系列（『ビブリア古書堂の事件手帖』，第六册介绍，栞子的祖父是虔诚的基督徒，因此以有“圣经”之意的ビブリア【biblia】为店名）是近年口碑很好的畅销小说，2014 年末已出到第六册。夏天去镰仓时，带在身边看，邂逅书中出现的小站、山坡、海岸、古寺，非常有趣。唯一可惜，古书堂是虚构。

作者三上延写奇幻、惊悚小说出道，正式成名则从这一系列开始。这部小说的成功，首先在于题材出众，选择了旧书店这样为人熟知又略有距离感、神秘感的背景。三上从小爱读书，出生于小说背景所在地的镰仓，小时候家附近就是东日本著名的连锁书店有邻堂。长大后曾在旧

书店、二手唱片店工作过几年。当然，作为日常推理，关键还是谜题的设置与情节的铺排。

三上写作速度很快，自称写小说本身不难，难的是如何阅读、整理资料，再将它们变成小说可用的桥段。国内流行小说家也常如此。初阶的，从各种新闻、电视剧里找灵感。进阶则从各种史料里搜寻。据说司马辽太郎写《坂上之云》，就从旧书店把任何涉及甲午战争的书都用卡车拉回来，然后一一挑选。小说能用到的留下，用不着的直接运回去。有些认真的小说家，会在作品后列出参考书目，或十分善意地加注。《古书堂事件手帖》书后也列出参考文献，读者或追本溯源，定有收获，或看出某个桥段的源头，会心一笑。比如书中有关旧书定价的情节，基本都能从出久根达郎的两本随笔集（『作家の値段』『作家の値段——「新宝島」の夢』）中找到出处。这时你就发现，小说里平常羞涩、动辄脸红，但谈到书就滔滔不绝的女主角筱川栞子，背后其实藏着经营旧书店多年的老爷爷出久根达郎。

因作者自身体验，加之功课做足，故而小说描述的旧书店种种细节，皆准确可靠。现实中，古本屋主人的日常生活，与栞子和大辅的并无二致。

“上午准备好网店下单的书，准备邮寄”，“将柜台上如山的书堆抱到指定的书架……店里的书一直都要更新。古书店必须定期更换商品。店里常客很多，若不常更换，就没有人来”，“收回招牌和均价书堆，锁上门，拉上窗帘。锁好收银箱，一天工作就结束了”。上门收书是古本屋的重要工作，很多旧书店门口都会打出“本店收旧书，敬请垂询”的招牌，或者给网购客户发传单。比如名古屋大学堂书店热情洋溢的广告：“请允许我们为您整理藏书！本店从江户以前的和本到平成的新古本，全部收购。若您想解放书架占领空间的全集！若您想整理用过的学术书、专业书！若您想搬家、改建！一直放在家里但没人看的书！若您有以上种种情况，本店将以创业于大正十一年的悠久业绩及经验，为您的藏书作出最诚实的估价。”

小说很多情节的展开，都从栞子上门收书开始。大辅负责体力活，“按照指示，从纸箱里把书全部搬出来，为方便查看，书脊朝上”。接下来，栞子一一过目，将书分成几类，“有必要逐一定价的，可以批量定价的，完全没有价值的”。由此，也可看出藏主各自的购书趣味、图书分类法。从藏书准确判断主人的性格、趣味、职业、年龄，是栞子的特长。当然，也是古本屋主人应有的技能。

收书并非随便就能达成合意。客人与古本屋之间是互相选择的关系。首先，客人的藏书方向要符合古本屋的经营范围。一般而言，古本屋都有自己的定位。栞子家主要经营文学、历史、哲学、美术等专门书，兼营漫画。有一回收到将棋类的书，因为不熟悉，后来转手别家。其次，藏书要有一定价值，否则古本屋不会接收，只能当废纸卖。再次，客人也需充分信任所选择的古本屋。很多大学教授退休后，研究室藏书难以处理，只能卖掉，一般找的都是知根知底的旧书店，也有些特殊考虑。前段时间去三条附近的中井书房，发现新进了一批中国古典文学的书，质量很好。问是不是哪位老师要退休。店主笑说，不错。本来这位老师不必把书卖到我家，找个学校附近的店就行。不过这批书有不少同行的签名本，放在学校附近，很快就让大家发现了，不好。

那么，旧书定价的标准是什么？这就是古本屋主人的功夫了。给出的价格要合情合理，卖家才乐意出手。一般书籍的定价标准，全国基本统一，不会特别离谱。旧书品相最关键，涂写、署名（名家除外）、折页，都会使书价大打折扣。外封、腰封、函套、书签最好也都齐全。不过，发行量很大的普通文库本，即便外封、腰封俱全，保存良好，也只能卖十日元。若品相稍差，就“完全没有价值”。此类文库本再度出售，一般也只摆在百元均价书区，书市上更廉价。

小说所涉及的图书，主要是近现代文学及漫画。出版年代较早，装帧别致，发行量小——才谈得上版本，而近现代文学书籍的版本学又是相当独立的领域，每位作家、每部作品的市价都有讲究。近年，日本市场与中国有关的图书，特别是线装书，早被国内藏家炒高价格。而少有问津的日本文学书籍，价格倒还稳定。

据出久根达郎十多年前的文章介绍，泉镜花的书，即著名的“镜花本”，装帧、插画俱出自名家之手，极为精致，故而颇具收藏价值，保存良好的，总在五十至一百万日元之间。夏目漱石初版《虞美人草》，有函套者约二十五万日元。初版《文学评论》，无外封者在七、八万日元间，有外封的能炒到几倍以上。初版两千册的《三四郎》，四十五万日元。初版《我是猫》上中下三册，泡沫经济时代曾有三百五十万日元的高价，后来大概稳定在二百五十万左右。这些都与今天的市价没有太大差别，甚至如今还要稍微便宜些。2010 年东京八胜堂书店的古书目录上，有“夏目漱石出版本一括，全册初版美本，二十一册，六百万日元”的专页，价格就相当合适。

腰封之有无，对某些书价影响极大，比如三岛由纪夫 1959 年初版《裸体与衣裳》，无腰封而仅有外封者一万五千日元，腰封外封俱全者，十五万日元。1949 年初版《宝石买卖》，有腰封者七十万，无腰封者八万。1949 年初版《假面的告白》，有腰封者五十万，无者仅四、五万。现在许多人不喜欢腰封，然而或许若干年后，某作家某本小说的一条腰封，又价值千金。三岛早期出版图书价格走高，也与他的自杀大有关联。他的死在当时十分轰动，电视节目大做文章。不少从未读过三岛小说的主妇，仅因看了节目，为其美貌震撼，便流着眼泪去抢购他的书。两年后川端康成自杀，就没有这样的效果，他的书也未曾因之价格暴涨。

因此，定价的学问，最见古本屋主人修行之深浅。而开旧书店，不仅是做生意，还要关照人情。同行之间不得恶性竞争，共同维护某地古本屋联合会的利益，定期举办活动——都是自书肆生意以来就有的老规矩。与顾客交往，更需用心。小说里写，网购未普及前，ビブリア古书堂的顾客信息都写在一本黑皮大账簿内，按五十音排序。哪怕是只光顾过一次的客人，以后都要定期寄古本目录。这的确是古本屋延续至今的风习。东京浮世绘老店原书房，三年前我仅买过一幅画，至今仍寄图录。逢年过节，当初接待我的那位姑娘，都会写邮件问候。东京通志堂主人也令人难忘，第二次电话购书，刚说了名字，他便热情道："是京都的某某呀，您好，您好！"好像久已熟识似的。且不论买多贵的书，都可后付书款。

说起来，《古书堂事件手帖》原本打算以二十岁左右的男生为主要受众，因此栞子的形象设定为白肤、黑长直发、眼镜娘、易害羞，大胸。但后来，读者八成以上都是女性。有人说，因为栞子太聪明，而男生喜欢傻一点的。事实上，日本古本屋主人，绝大多数还是男性。在书店打工的女孩子不少，但独立修行、再自立门户的，却寥寥无几。除非像栞子那样的家族继承。京都百万遍附近有一家富山房书店，现任店主就是女性，也是从她父亲处继承下来的。有些古本屋后继无人，店主遗孀勉强经营一阵，最终不得不关张——这也是很多古本屋消失的原因。一些爱书的姑娘，会跟人合作创业。或经营有别于传统古本屋的杂货店，按自己的兴趣卖书、小工艺品，也可附带咖啡馆或餐厅。但此类年轻书店，都不会加入本地古本屋同业联盟。一则根基太浅、概念太新，不为正统旧书业所接受。二则没有余钱缴纳会费，及各种古本祭的活动费。不过不用担心她们孤独，总有同好兴味相投，自成圈子与风气，玩得也很开心。还有些姑娘，干脆嫁给古本屋老板，比如横浜"黄麦堂"的店主夫人田中栞（可巧，和栞子同名），她还写过一本《古本屋的妻子》（『古本屋の女房』）。

古本屋行规，要做店主，需在老店至少修行五年以上。栞子的祖父，年轻时就曾在某旧书店接受十年以上的严格训练。汇文堂、临川书店的初代主人都曾在东京文求堂当学徒。2012 年，京都福田屋书店主人突然病逝，长子继承家业，但同时还在另外一家老店见习，学习各种古本知识，如何鉴别版本、如何定价、如何上门收购。日常都是老太太守着店面。问她新任店主何时出师。她叹道，那得看他悟性，可惜他父亲在世时还没来得及教会他，现在只能跟别人去学。

诚如小说所写，古本屋店主并不好当，要有丰富的专业知识，要和古书联合会的同行保持密切交流，还要有足够的体力——外出收书、整理库存图书，都是高强度体力活。所以栞子才雇了强壮又温柔的大辅，方有了小说里的一切。

三月三十一日：祇王寺往事

京都西郊地气潮湿，山水滋润，适合养苔。著名的西芳寺，隐于丛林深处，数度改宗，经历过火灾、洪水、荒废，终因地利生满青苔，得来苔寺的美名。寺庙面积很大，庭园为梦窗疏石所造，分上下两段，上为枯山水，下为池泉回游式。上段已荒废，下段为碧波清池，蓊郁的林木在浓密青苔上留下扶疏光影。小径曲折，移步换景，的确很美。苔寺不对外开放，要事先明信片预约，必须严守约定时刻。

后来听朋友说，现在去苔寺已不用抄经，可以直接看庭园。大概是名气大了、外国游客太多的缘故。最初苔寺为控制游客数而抬高参观门槛，设置复杂的申请手续及严格的参拜流程，最终仍无法阻挡游客的好奇心，反更添一种热闹。

其实嵯峨山脚的祇王寺也是看苔藓的极佳去处。穿过摩肩接踵的岚山街区，过天龙寺、竹林小径，渐有空旷农田。途中遇见芭蕉的落柿舍，门里门外种了好几株柿树，不知是不是芭蕉种下——应该不是，因为都不够大。过二尊院，游人渐稀，再走一程，就到了浓荫遮蔽的祇王寺。竹门内苍苔满地，遍植枫树，墙外竹林环绕，阶下种满盆栽。因为在山中，水气丰沛，青苔十分浓郁，层叠深浅，碧翠可爱。寺里只一间草庵，有一扇圆窗，光线幽暗。佛龛内供奉四位《平家物语》中的女子：祇王、祇女、刀自、佛御前。

祇王、祇女同为刀自之女，祇王舞姿优美，深受平清盛宠爱。之后清盛新宠佛御前，祇王悲哀之际，与母亲、妹妹同往山中出家。不久佛

御前也跟来，四人共同修行。这个故事有些不可思议，想到住莲山安乐寺的松虫铃虫姊妹的故事，此二人为宫中女官，受后鸟羽上皇宠爱，颇遭宫人嫉妒。后听住莲上人与安乐上人说法，一心向佛，趁上皇赴熊野之际，乘夜逃往寺内，乞求出家。安乐寺留有《安乐上人铃虫姬剃发图》并《住莲上人松虫姬剃发图》。这同样是很有意思的故事，不过结局凄惨：上皇归来，大为震怒，处死住莲与安乐，将他们的师傅法然上人与亲鸾法师流放他乡。其中疑问也很多：当时女子真有如此自由，可自宫内连夜出逃？寺庙又真能给予她们庇护么？祇王对清盛要如何失望，才能狠心出家？佛御前对祇王究竟何等情深，竟可勘破情爱，追随主人的旧爱？不过祇王寺后来的一任住持高冈智照尼倒是确实存在的人物。从祇王的时代起，这里就是治愈女人心伤的地方。

据智照尼的《祇王寺日记》及自传《衔花鸟》（『花喰い鳥』）大略可知其生平。明治二十九年（1896）生于奈良，自小母亡。因私生子之故，尝尽艰辛。12 岁被父亲卖给大阪年老的歌舞伎演员作妾。14 岁转卖大阪富田屋作舞伎，改名千代叶。其时，伊藤博文常来富田屋包场，不过千代叶资历太浅，未曾有交往，但接待过西园寺公望与住友春翠。舞伎、艺伎虽有不少机会接触名流，但她们常常难得善终，种种凄凉故事，频繁出现在宫尾登美子小说中。15 岁，拥有第一位“相公”，即艺妓的固定资助人兼情人。但心许的却是歌舞伎演员市川松茑。不久，相公在她手镜内发现松茑的照片，二人关系紧张。“相公是惯游花街的人，一定知道花街的女子是怎样的身份。十五岁的舞伎对歌舞伎者怀有淡淡的恋情，绝不是无法原谅。”她对相公表示真心的方法是剪断左手小指，包在手帕内送给对方。如此惊世骇俗的行为令她一时难以立足大阪，遂往东京，改名照叶，极受追捧。印有她照片的明信片也大有市场，由此声名益噪。19 岁脱离伎籍，嫁人作妾。24 岁又嫁操盘手，赴美旅行。丈夫忙于工作，她便去纽约郊外一所寄宿制家政学校读书。很快，丈夫有外遇，她也爱上同校女友。归国后夫妻关系愈恶，两度自杀未遂，终致离婚。28 岁再度赴美，辗转法国，生下一子。归国后困于生计，重为艺伎。1923 年，出演电影《爱之扉》，反响平平。与医学博士再婚，也未长久。在大阪开酒吧，生意兴旺，却又陷入情感纠纷，只好避居故乡奈良，并入高浜虚子门下学写俳句。对繁华世界萌生退意，39 岁时在奈良久米寺剃度出家，得号智照。两年后，在俳句杂志上读到一篇文章，说京都洛北某小寺的老尼后继无人，便前去探访。结果有人将荒芜已久的祇王寺介绍给她。“映入我眼中的祇王寺，隐藏着祇王与祇女的悲伤往事，历经风霜，沧桑荒凉，仅一户小庵。但这枯朽的草庵，却令我安心，预感此地是我栖息之所。”她果真在这里度过了此后的五十余年。

1963 年，濑户内晴美以智照尼为原型创作小说《女德》，并有同名电视剧。之后，她也出版自传、日记与歌集。比起装帧浮夸、打着“祇王寺庵主”名号的自传，我更喜欢《祇王寺日记》，有嵯峨岁时风物，有许多可靠的细节，观点也犀利，足见其人性情。譬如评价苔寺：“那里苔藓品种极多，各有名目。我只去过两次。一次是萧索的冬季，一次是新绿之时。但也并不认为那苔藓能留下什么特别的印象。这样说，或许也因其评价过高，我对之抱有太大的期待吧。比起苔藓之美，更感动与敬佩的，是能无微不至地照管那样阔大的庭园。”物价上涨，杀虫剂、蚊香、草庵修缮费，无不花钱。“现在的紧急问题是想想挣钱的方法吧？可是谈到钱的问题，完全没有自信……当然也不能绝食。”后来开始拼命写稿赚钱。祇王寺也设下门票，虽然收入不错，但她很不满熙攘的游客，认为他们带来了“莫大的精神损失”。69 岁时她在日记中写：“现在最希望得到的东西：1. 健康的肉体、明快的思考力、丰富的精神生活环境。2. 宁静的时间。3. 独立的书斋，想看的书籍、辞典等。4. 专用的厕所（水洗式）。”“我还有很多很多书想读，很多未知的东西想探索，想拓展自己的知识。”她享寿 98 岁，生前表示“想清净地死，不要任何人看到我死去的模样，很快烧去，埋在寺中”。其波澜跌宕的一生，可称圆满。

看她艺伎时代的照片，确为佳人。落发后的照片，缁衣素扇，极清瘦，依然美丽。寺里后来养过一只白猫，名まろみ，略有两点黑眉，细目尖颊，居然与智照尼有几分相似。猫常伏在透过草庵吉野窗纸洒下的清光里，眉间似含幽怨，不响不动。前年，它以二十高龄过世，庵堂内有它小小的供桌。原已静极的小寺庙无它的踪迹，愈发寂寞。

九月二十三日：微小的幸福

今年常看的剧是『とと姉ちゃん』，很喜欢。晨间剧很容易培养观众对年轻演员的好感，比如《海女》《阿浅来了》，主役演员本来都不熟，看完剧就非常喜欢。当然这也是编剧的功劳。要说大河剧，虽也迁延整年，但很多题材或人物实在不能引起人的兴趣，又或者编剧功夫不够，也不见得能培养年轻演员。最成功的似乎就是葵的笃姬吧，其余如松山健一、上野树里，好像都一般。今年的真田丸，若论出彩的演员，雅人应该不算，山本耕史的石田三成很有意思。每当三成因自我惩罚而半裸着做冰桶实验之际，弹幕总是一片尖叫：啊，那是属于堀北的身体！而三成战败自裁，弹幕云：终于可以回家陪堀北了！

好，停止吐槽。想说的是，『とと姉ちゃん』的主题非常吸引我：女性奋斗史、创办杂志、战前至战后的生活史，无不精彩。小桥君子去世前不久与花山聊天，谈到“小小的幸福”（题目不自觉就用了“微小”

一词），这也是常子与人辩论时提出的观念，强调要守护人们的这点“小小的幸福”。我也是《生活手帖》的粉丝，那的确是平实、温馨、丰富的杂志，不愧有几十年的积淀。

在这里住得越久，越依赖这本杂志，或许也有“人到中年”的况味？消费活动逐渐收敛，“买到什么”不再那么激动人心，“冷静地决定不买什么”反倒更有满足感。也渐渐开始愿意自己做饭。在刚刚过去的这个炎热少雨的夏天，有意无意遵循《生活手帖》的指示，过了一阵“生活手帖”般的生活。

说说吃。初夏以来，为了避免西瓜皮在垃圾袋里生出小虫子（毕竟不是每天都能倒垃圾），索性把西瓜皮切细，拿糖或酱油腌渍一晚，第二天炒了吃。还学到了“西瓜天妇罗”的做法，感叹，一切皆可“天妇罗”！正如从前在重庆得到的生活经验：一切皆可涮火锅！

深爱牛蒡，为之撰写赞歌云：牛蒡是那种，看起来灰不溜秋、很不好对付的植物。鼓足勇气，买回去两根，水龙头下洗干净，刨皮……心里默默惊讶了一声：原来牛蒡这么温顺。跟刨山药或者芋头完全不一样，没有黏液，不会痒，不会在案板上滚来滚去。切下去的时候，也异常轻

松，微微有一点涩，因为太温驯，所以可以切成极细的丝，听话得让人有点不好意思。静静的，清苦的香气弥漫起来。于是喜欢上牛蒡，甚至怀着愧疚，为从前的偏见与迟钝。牛蒡是菊科植物，宽卵形阔叶，玫红色小花被披针状伞房花序包裹，有点像同样是菊科出身的大蓟花。无论怎么看，都不是漂亮的植物，还长着那么多刺。然而收获的时候，又令人惊叹根系的茁壮与庞大："原来它们其实是这样的。"牛蒡一般做配菜，跟肉、胡萝卜、莲藕等等一起炖。也可以切细了做牛蒡茶、牛蒡干，或者凉拌。似乎不太有存在感，但其实味道非常有个性。像个沉默、柔顺、谦卑的人，其实非常固执。如果牛蒡变成人的话——不，不需要变成人，我也想跟牛蒡做好朋友。

热爱蒸菜。比如南瓜蒸熟后，加酱油凉拌，或者与味噌、酱油、肉、糖同煮。

牛油果切片，蘸青芥末与酱油，所谓牛油果刺身。

清水加柠檬（或者部分西柚）煮沸，转小火，放入鸡腿煮熟。加入切好的洋葱、土豆、橄榄以及橄榄油和盐，小火焖熟，换大火收汁。（《生活手帖》2016 年初夏号上学得）

西兰花、卷心菜蒸熟、撒盐。肉片炒熟，与前者混合，浇调味汁，内容大概是生姜汁、醋、盐、胡椒、白芝麻、糖。（同上）

总结一下，只要有味噌、出汁、味醂、白糖、盐，就足够了！喜欢京都的白味噌。柚子山椒酱也很喜欢。

从前不大使用干货，储存的基本都扔掉了。前日在台北的老师家，夜半吃到红豆莲子汤，非常感动。回来也开始煮红豆莲子汤——就是这样一个容易受影响的人啊。恰好无印良品最近新出的刊物，主题就是"干货"，做得非常漂亮。

秋天来了，好像更有精神做饭了，尽可能地节约时间是第一主题，幸好相关读物很多，可以学习，有我所热爱的统筹学。

今天晚上，早早回家做饭。半路遇到一群正在"开会"的猫，高高低低坐在墙头、栏杆边。看到我，或长或短地"喵呜"着，好像是打招呼。停下来看了它们很久，路过一位阿姨，停下前筐里坐着小白狗的自行车，也跟猫们打招呼。

“你也爱猫吗？”阿姨问我。

“是呀！”

“太好了！我们以后做好朋友吧！”她热情地握住了我的手。

也跟她的小狗打了招呼，名字叫“天”，已经十三岁了。“阿天爷爷。”阿姨这么称呼小狗。

回到家，冰箱存粮殆尽。明天超市打折——明天再去吧！砂锅蒸了米饭，照着网上的指示学习如何控制火，很快熟了，而且结出一层好看的锅巴。煎了马上过期的秋鲑，取出硕果仅存的蜂蜜渍梅子，做了茶泡饭。

秋虫声响亮极了，流逝的光阴令我怀念。做饭、扫除、散步、培育植物，大约都是好好生活的证据，可以略减心头因无情人事带来的阴翳。想认真写点什么，但很懒，怀着半途而废的愧疚感，继续懒惰下去。

十二月五日：通志堂一瞥

东京的确是好地方，很少出门、京都意识强烈的我也难免在心里这样评价。遍地博物馆、美术馆、图书馆不必说，更有神保町这样的天堂。京都的书店，无论规模还是流通量，都无法与之匹敌，这是没有办法的。此番去东京（之所以不称“上京”，是因为想循旧例，把这个词留给京都。京都人一般也不称此为“上京”，而作“东上”。回京都则为“归京”），以查资料为由，其实每天都有去神保町。徜徉其间，乐而忘返。

走出神保町地铁站，初冬冷雨霏霏，黄昏来得早，银杏叶尚未凋尽，马路对面是原书房，三年前去买过一次浮世绘，与主人家欢谈良久，后来他们一直寄目录来，然而我痛感精力财力有限，有意没有再入新坑，遂不曾再买（写完此篇的第二天，就去原书房买了三张新画儿，若干浮世绘书籍）。此番上京，当然要去拜访。不过，首先要去的，还是拐进小路、几步之遥的通志堂。事先发了邮件，说要去店里拜访，但日期还未定。对方回复，随时恭候。

因为很少去东京，故而平常在通志堂买书，都是网购。或曰，网上买书，不就是挑同等条件最便宜的么。话虽如此，但有时在某家熟悉的书店找到中意的书，即便别家有更便宜的价格，还是愿意信赖老朋友，相信对方定价的道理，或纯粹表示支持。网店生意虽不能当面聊天，然而通过只言片语的邮件往来、回复速度、打包技术、发票风格，还是能明确感受对方的气质，做事是否精心，生意是否地道，乃至气味是否相投，都会有所察觉。况且有些收书门路甚广的店主，往往会拥有某些学者的藏书，到手一看，有其藏书印，便是意外之喜。而这些信息，通常并不会标注在网上。

比如东京的通志堂、神户的カラト书房，虽不是历史悠久的老铺，但店主勤勉热情，包装体贴，很难不令人留心。研究室一直会收到通志堂寄来的当月书目，与一诚堂、琳琅阁、朋友书店等老牌书店的小册子排列一处，这是多年以来一直有的习惯。中国学专门书店很依赖全国各地中国学专业的研究者与学生，不少老师和书店老板的缘分，都是从学生时代起便结下的。中文出版社的傅奶奶提起某位老师，一脸慈爱："哎呀，他那时候还是学生，这会儿都要退休啦！时间真的好快哦。"名古屋饭岛书店的老先生说："贵校考古专业的某某老师，算起来是你前辈，学生时代常在我这里买书。"朋友书店的第二代店主，第一次见面便问："你的导师是谁？哦哦！一直以来受他照顾。"研究者与旧书店老板的缘分，是旧书店历史中很吸引人的部分。旧书店主人见证研究者的成长，研究者又将学问及各种学界信息反馈给旧书店主人，正可谓良性互动。有些旧书店主人去世，年轻继承者的学养、气度不如父辈，也会令研究者寂寞感伤。研究者退休或去世，将书籍再卖到旧书店，便是人与书的轮回。

如今日本文科专业经费不足，研究生院学生、教职人员均有所减少，尤其是中国学领域，景况不算乐观，据说学生们的购买力也不如从前。但每期新目录寄到，大家还是会赶忙翻开，欢喜搜寻。去年，在研究室一位好友的指点下，照着通志堂的目录买过不少书。我们用不同颜色的铅笔划出各自想要的书，再给通志堂主人写订货邮件。十分怀恋那段快乐的时光。有些书不知道已经被谁订走了，主人会在邮件里道歉。书很快会寄来，包装妥帖，附有邮局汇款单。不论是多大额的订单，都可后付款。偶尔也会电话下单，听得出来主人会讲一点中文，十分熟悉书目，交流很愉快。年底，收到他的问候邮件，"这一年，感谢你的照顾。来年还请多多关照”云云。

通志堂店面不大，入口是狭窄的过道，两面书墙，又堆满书籍，仅容一人勉强而过。店内放着悠闲的古典音乐，主人伊藤先生从过道深处柜台的书堆里站起来，一脸明亮的笑容：“我猜就是你，因为今天下雨，没别的客人。”我也被他的笑容打动，比想象中更和善、亲切。他为店里如此拥挤混乱道歉，又指柜台前一面书墙道，“最近收到坂出祥伸先生的一批藏书，还未来得及整理，不过，有些已经写到新到目录上啦，你发现没，道教、传统医学方面的突然变多。”显然，他很为这批收获感到满意。有时翻目录，的确会注意到突然丰富的一类书，猜测是否是某某老师所出，买来一看，果然。问伊藤先生可有最难忘的收书经历。他沉吟道，“学徒时代曾去和田清家收书，他家一门三代都做东洋史研究，在神奈川有极豪阔的宅院。我们进去便惊呆了，书库一座接一座，巨量藏书，质量上佳，一天根本清点不完。那次收回的书，教我们激动很久。”我笑说，想起《古书堂事件手帖》里的情节。

伊藤先生是宫城人，大学时代想做记者，去某大社就职失败。茫然之际看到琳琅阁的招聘广告，觉得很有意思，反正也与文化相关，就去应募。顺利通过后，才知道老铺书店的学徒修行，完全是一片新世界。琳琅阁修业十六年后，2000 年，因为已深爱上旧书业，于是决定开自己的店。先是起名，叫什么好？既然是中国学专门书店，首先得传递一些字面信息，比如“紫阳书院”“朋友书店”。再者字要好读，某位老师曾批评“高畑书店”名字不佳，因为用了和字。挑来挑去，选中“通志堂”，的确不错。伊藤先生说，的确有不少客人因为店名过来买书。

他性格开朗，告诉我不少书林、学界的八卦。我说，不如您像反町茂雄他们那样，也写书吧。他道，那得等我活到无论讲什么都不得罪人的年纪。我笑，如此甚好，我来翻译。谈起全国旧书店现状，说情况都不太妙。提起汇文堂，也觉得很惋惜：“以前做学徒时，常去汇文堂。听京都那边过来的客人说，汇文堂现在营业的时间很不稳定，店里也没多少硬质书了。”又讲了几家书店，连连摇头，说原先都极好，但前代主人去世后，新主人知识不够，对书的热情也不足，“这是最糟糕的”。问他可有考虑后继问题，他笑，自己三个儿子，前两位都已就职，对旧书并无兴趣。“小儿子么，倒有理想，他想——踢足球。”“不是做作家？”我笑。日语里，“作家”与“足球”发音略近。他也笑：“不不，是踢足球。我随他们去啦，要是对书没感情，好好的书店也会毁掉，不必勉强。”

提到关西方面的学者，他说，东边的老师经常说，京都那边的人很坏，悄悄地闷头读书，读得特别仔细，默默用功。我忍不住笑，默默听取东面学林对西边的揶揄。他笑，你们那边也一样讲东京吧？不过——京都的确很厉害。他说，鳟泽彰夫先生前一阵准备出手一批“文革”资料，是他当年在中国辛苦搜寻所得，很有价值。问早稻田是否需要，被拒。遂询问京大人文研现代中国研究中心，那边派了某老师过来鉴定资料，看后立即拍板，表示十分珍贵，全部收下。又回忆诸位老师，说非常佩服砺波护先生，精力充沛，年事虽高，但不辍研究，每番到东京，都来店里买书。评价某老师，是“最高的顾客”，几十年来，买了大量资料。如今年龄虽大，但购书热情丝毫不减，眼光极好，目录一到手就来电话订购。

伊藤先生对中国顾客的态度也十分开放，并无保留。因此书店出现过几次被中国客人整架整架买书的盛事，其中不乏国内的知名人士。“每次看书架空了大半，心里很慌，赶紧去书库调货，填满了才稍稍安心。不过马上又能进到新货，运气总是很好。”他讲了其中一个故事，“那位客人买走了大量的书，我问他要做什么，他说，从前专门做古籍拍卖，也赚了一些。最近渐渐对这门生意减了兴趣，想买些实实在在的一般书籍回去，在国内开家实体店，做普通书客的生意。我听了很感动的。”

聊了很久，也挑了一些书，请他寄去京都。他送我一册井上靖的签名本，并几册汇文堂编的《册府》。时间已很晚，应当告辞。他说，等你下次再来东京。走出店堂，细雨纷纷，街中各家书店均已打烊，卷帘门半掩。下次什么时候再来？东京也成了很牵挂的地方。

（本文图片由苏枕书提供）

冷大海

文 / 周嘉宁

大概在三月初的时候接到刊物编辑打来电话说，三月底在青岛有一个会议。一时没有想起来拒绝的理由，便答应去了。接下来的半个月却都非常焦虑，虽然想去看看春天的大海，但是与任何一个参加会议的人都不相熟，几次想要发邮件去取消行程。这样折腾到临出发前的两天，朋友鼓励我说，“到了那里你就会开心的，你每次都是这样！”

到达的时候临近傍晚，出租车沿着高速穿过市区，没有看到海，倒是看到很多山。我开着车窗，空气很湿，半山间都是雾。司机认真和我强调说，“那是水汽，不是霾。”几次三番，怕我搞错。

住进酒店以后天黑了，又开始焦虑，并且感觉很饿。于是给唯一认识的 H 发消息，告诉他说我已经到了，H 很快发来消息说，待会儿一起吃晚饭。唉，松了口气。

H 是我读研期间的师兄（真是一个陌生的词语啊，但是从青岛回来以后我也偶尔能够使用它了），但是因为差了几届，我只在毕业答辩结束的聚餐上见过他，说来惭愧的是，那天光顾着思索如何敬酒之类叫人发窘的事情，并不太记得他——这件事情被他说过几次，几乎成为列举我对外部世界漠不关心的证据之一，很难解释清楚。之后虽然我们都出入作协大院，难得一起在饭局上喝过一两次酒，对他在几次会议上短暂的发言印象深刻，但完整的交谈，一次都没有过。这样想着又焦虑起来了。

其实自己在酒店里吃饭也没有什么问题。一边这样想着，一边还是在说好的时间下了楼。结果大堂里和H站在一起的还有其他五六个陌生人，唉……H挨个给我介绍认识，其中包括和我联络的编辑方以及另外一个看起来同龄的年轻男人李，他是位大学老师。大家站在大堂里寒暄了一会儿，然后挤上了两辆出租车。

我并不知道出租车带我们去的地方是哪里——后面几天的情况也都是如此——但是饭店楼下摆着活蹦乱跳的鱼，吐着泡泡的各种贝类，从没见过的新鲜海带，难看的蝉蛹，蔬菜，酱菜。待会儿可以喝上青岛啤酒吧。这样一想，便高兴了。

饭桌上男人们都要了白酒，我要了啤酒。据服务员说夏天的生啤还没有上市，于是在H的建议下，要了一箱崂山啤酒。H算是小半个当地人，特意和服务员确定了那是第五啤酒厂生产的。果然，真是太好喝了，为什么其他任何地方都喝不到那么好喝的青岛啤酒？饭局都因此而变得有趣起来。

趁着其他人都在交错敬酒时，我吃了好吃的凉拌海带，新鲜的海带还是第一次吃到。刚刚炸出来的蝉蛹也尝试了。啤酒太好喝，于是没顾得上旁边人的敬酒顺序，自顾自地喝开了。H说，夏天他在上海也会抓蝉蛹，提着竹竿在小区里面抓一脸盆，然后自己回家炸着配酒喝。真是不可思议啊，在上海的小区里抓蝉蛹炸着吃的人。接着他告诉我在淘宝上也有卖冰冻的蝉蛹，大概五毛钱一枚。

男性（尤其是做评论的男性）的话题往往有点难以参与，特别是在大家都还没喝多的时候。不过有意思的地方在于，很久没有听到年轻人谈论文学了。尽管日常交往的人很多也都是同行，但是不知为什么，我渐渐怀有一种“文学观是隐私”的偏见，既不能接受误解，又不喜欢辩驳。如果说二十几岁的时候，都还在迷惘的探路阶段，到了三十岁，几乎各个都走上了密林中分叉的道路，很难再把彼此当作伙伴来信赖，毕竟观念上的误解也是非常大的伤害。

但是眼前的这些人却认真地争论起来，尽管起初也是无聊的吐槽，但是说着说着大家都喝多了，话题和心境也都变得清澄起来。大部分时间是H和方在说，两个人都是水瓶座，没错，我对水瓶座也怀有深深的偏见，虽然水瓶座偏执、自私、善于狡辩，但是同时有趣、正直，大部分从本质上来说是真正的发光体。

糟糕的是，他俩说了什么，我现在全部都忘记了。哈哈哈。因为那个时候我大概喝完了第四瓶啤酒，正处于兀自高兴的走神状态，只觉得眼前的人和事全部都变得比较美好。

吃完饭以后，一群人站在路边喊出租车。第一辆车来的时候，挤进去几个人。他们催促我说快上车，因为剩下的人还要继续去喝酒——“我也想和你们一起”——这句话虽然没有说出口来，但是我却站在原地没有走，直到那辆出租车开走了。剩下H、方、李，还有我。

换个地方再继续喝吧。

于是我们坐上出租车告诉司机说带我们去海鲜大排档，结果司机把我们带到一处，放我们下车。我们面前有一幢小小的楼，上面挂着霓虹灯写着“海鲜大排档”，里面没有什么人，门口坐着两位金链汉子，只好再继续往前走。他们一路上都在为到底是买了啤酒带回酒店喝，还是找个路边摊喝而争个不停。所幸海边城市的空气潮湿温暖，在酒精的作用下我觉得一切都是轻盈的。

之后我们又换了一辆出租车，在路口找到了烧烤大排档。方和李去对面的巷子里撒尿。这时候我才意识到自己作为女性的存在对男人们来说真是一个麻烦，原本他们应该早就随便找了一个地方坐下喝起了第二轮，却因为带着我的缘故多出很多不必要的考虑。虽然我很想和他们继续喝酒，此刻却也真的碰到了难题。我已经喝了太多啤酒啦，接下来要继续待在这个路边摊的话，我没有办法像他们一样去对面的巷子里——呃……

最后，我和他们一起提着一捆烤串和一箱啤酒回到酒店，完全不好意思再参与他们的聊天，自觉地回房间睡觉了。其实也已经过了午夜，他们继续在方和李的房间里喝酒，有人吐了，有人睡着了。

第二天早晨醒得很早，想出去跑步的。酒店在非常荒凉的地方，外面对着山，据说翻过了山能看到大海，但还是很快就打消了自己这个念头。

白天开了一天的会，非常无序，大家都在抱怨。我很少参加会议，便也无法做出判断。在我非常有限的经验里，确实觉得大部分的会议都是雷同的，一部分人在说失去辨识度的话，另一部分人在思索如何灭了对方，一部分人在走神，剩下一个人讲的话很有趣，但是没时间讲了。所幸因为组织太混乱，整个下午都能够待在酒店房间里看书。

到了晚上，昨晚喝酒的人似乎都各有安排，我和 H 留在酒店里吃自助餐。中午我们一直在谈我的小说，对其他人来说或许没什么，对我来说却已经是非常了不起的事情。很少有人能让我感觉没有误解地谈论小说，H 是其中之一。

我们说起“自我”的问题。H 说我对人群做出各种各样的判断，然后划出各种圈，对人进行分类。

“但是我觉得——”

“划这么多圈的结果就是最后你把自己划了出去，把你和整个世界区分了开来。”

“这样说虽然我觉得有点委屈，但好像也没法推翻。”

“这是一件很危险的事情，你得对外部世界提起兴趣来。”

“其实我对外部世界是关心的，只是表现得不近人情，但是这种不近人情也可以解释为，无法熟练地使用规则。比如说你们在敬酒的时候，我自顾自的并不是因为我讨厌你们这样，而是因为我做不来，始终找不到合适时机。”

“但是你确实只认同一小部分人，没错吧，那些被你排斥的人也会觉得委屈。”

“这个——”

H 又说了点什么，我知道他并不相信我其实真的关心外部世界，并且对人怀有强烈的同情心。但是我俩对于外部世界的定义到底是否是相同的呢？不过奇怪的是，尽管感觉误解依然容易产生，这次我却并不想刹车，或者止步不前。

“不过至少你已经在描述那个世界了。”H 又突然说。

“哪个世界？”

“小说的虚拟的世界。尽管你的处境非常危险，存在各种各样的问题，但是你是属于那个世界里的人。”

“你这样的说法，明明自己也是一个会划圈的人呢。”我不由笑起来。

“有的时候我觉得写小说不是创造，而是把在那个世界里看到的东西描述出来。身处那个世界的人应该做得更好啊，因为大部分的人都不在那里。”

不得不说，H 的这些话在我听来非常振奋，整个下午都思索着那个世界的问题。晚饭以后我们的交谈变得更轻松，大概因为我对他建立起了某种非常难得的信任。

“我确实感觉自己的小说碰到了非常严重的问题。”我告诉他。“大概是因为我的知识结构漏洞实在太大，或者说我的知识根本没有结构，当我想要谈论某些问题的时候，便发现自己没有进入的路径。”

“之前在豆瓣上看到你列举的一些书就知道了。你看的书都在一个纬度上。”

“我刚刚研究生毕业的那一年，和导师提过这个问题。当时怀着极大的迷惘去他办公室找他，他倒茶给我喝，然后直接告诉我说没法解决我的迷惘。我真傻呀，这样的问题在毕业以后才想到要去问他，而且根本说不清楚自己想要解决的问题到底是什么。”

“他说得没错，他确实没法解决你的迷惘。”

“不过那是很多年前了，后来我一直搁置这个问题。”

“你应该把自己的书单全部换掉，没有必要在同纬度的人身上浪费时间。”

“真羡慕你和导师之间的关系。在读书期间，尽管他不知道该教我什么，但是他的存在本身对我来说就是鼓励，我对他也是非常信任，但是却没法和他交谈，直到现在都无法进行完整的交谈。”

“有的时候师生关系就是这样的。”

是啊——我想。

晚饭以后有个联欢会，我们一起往会场走去，站在门口抽了根烟，碰到其他几个来开会的人招呼我们赶紧进去。结果没走几步就被里面过分嘹亮的音乐声震慑住了，赶紧撤了出来。站在路口又抽了根烟。

我们继续聊了一会儿，主要都是H在讲。但是三月底的晚上，青岛冷飕飕的。我们应该回到房间里去继续聊，可是这时候性别的差异又在发生诡异的作用。无法邀请H去我的房间，也无法提出去他的房间，无法避免密闭环境下的尴尬。

好冷啊，好冷啊，两个人都还坚持着尴尬地继续说。直到方和李还有其他几个人也走出会场，从我们身边经过，招呼着H晚一点一起喝酒，便扬长而去了。羡慕，想成为男人，和男人们一起去喝酒。这样想着，回到自己的房间，觉得更加地百无聊赖，便发消息给会务组把机票提前了一天。

第三天白天的会议上看完了《万尼亚舅舅》，一边琢磨着更换书单的事情，一边却又把已经看过两遍的村上春树的新小说集拿出来又翻了起来。

晚上很高兴地再次被大家带出去喝酒了，除了方、李，还有刚刚从上海过来的我的另一位师兄（嗯，在特定的语境下不由自主地使用起这个词语）L，以及H的同学王。嗯，人生第一次认识那么多写评论的同龄人，而且还各有各的有趣，足以缓解我对那个H所提到的外部世界的焦虑和怀疑。

再次吃到了刚刚炸出来的香喷喷的蝉蛹，还有热乎乎的鲅鱼饺子。鲅鱼饺子总能让我想起在北京的那三年常去的一间小馆子，在交道口，叫小青岛。全部都是醉酒的美好的记忆。

于是意志力薄弱的我在大家的教唆下再次改签了机票，并且说好，第二天下午去看大海。当然不是翻过山之后的那个大海，而是喊了出租车，去了石老人海滩。一辆出租车里挤了五个人以后，便往那里去了。司机是个说话缓慢但是喋喋不休的热情人，否决了我们晚上要去中兴街吃海鲜的计划，说那里的都是黑社会的店，而且海鲜也并不新鲜。告诉我们应该去啤酒厂附近，还能喝到好喝的原浆啤酒。

青岛的大海说不上有什么特别的，大概是因为季节的缘故，风大、冷，白色的雾压得低低的。我们几个下车以后，就前前后后沿着沙滩一直走，人不多，偶尔有人在拍婚纱照。这样一直走到了这片海滩的尽头。为了完成一种看海的仪式感，我们还是在尽头的礁石旁停留了一会儿，然后才爬上海滩边的土坡，慢慢往回走。

这时候方接到了刚刚那位司机的电话，问我们有没有遗落一把钥匙在他车上。我们都有些疑惑，但反正不管怎么说，他现在又回来接我们去吃晚饭了。于是我们五个人又挤上了他的车。外面的雾越来越浓重，经过两个巨大的灰色罐状体的时候，司机告诉我们说这就是崂山啤酒厂。我们开着车窗，空气里悬浮着奇怪的味道，据说啤酒发酵就是这样的味道。

最后司机把我们送到啤酒厂旁边的一个饭馆，说在这儿可以喝到非常正宗的原浆啤酒。结果大概因为时间太早，像是中午的场子才散去不久，饭店里一个人都没有。我们要了一条没有听说过名字的海鱼，当然也要了原浆。结果很贵，而在座的每个人都看起来酒量不错，根本不够喝的，只喝了一扎以后便又换成了崂山啤酒。

其实昨晚的酒精都还未彻底消散，每个人都恹恹的。这时候我们才意识到，那位司机应该是和饭店串通好的骗子。只有金不这么看，他认真地提出我们不应该把人都想得那么坏。

原浆的味道忘记了，但是青岛的任何啤酒都是好喝的，几轮以后便又变得愉快起来，一边骂着司机，一边打算换地方继续喝。结果转了两场以后又来到了前一天晚上来过的饭馆。叫了些相同的食物，又再叫了啤酒。大家继续谈论真伪问题，是非问题，人性问题，谁都说服不了谁。不断上厕所，抽烟，继续谈论。

“唯有从骨髓深处热爱精神事物，热衷永不厌倦地思考并辩论那些精神领域繁杂问题与日常生活中的简单问题的人，他们的阅读才会真正地成长为他们的心灵乃至肌肉骨骼，精神思考将成为生活的习惯。”——对的，就是这样，生活的习惯。

在这场漫长的似乎永远结束不了的酒局上，我终于丧失了性别、年龄和其他外部条件所带来的知觉，也希望能够在那个愉快的临界点上再多停留一会儿，毕竟这种愉快又带着强烈的哀伤的预感。所幸的是啤酒好喝得不行（让我再赞叹十遍），感觉怎样都无法喝过头。

第二天清晨，我是第一个离开的，七点到餐厅吃早饭的时候，没有遇见任何一个认识的人。用打车软件叫车的时候，昨天那位司机再次出现了。尽管他也知道是我，但是我们对于昨晚的饭馆都闭口不提。坐上车以后，他用诚恳却绝不犹豫的语气问我能不能再顺上一个同路的客人，并且希望谎称我是他的朋友——一副料定我会答应的模样——呃，我这个软弱的人真的答应了。

接下来通往机场的高速公路上司机一直在和前排那位同样也是来参加公司会议的哥们讲话。随手一指说那儿原本是一片坟地，而前面一排破楼原本是个火葬场。我听着觉得好笑，想到前一天挤在车里的人，如果他们也在的话，他们会说什么。

幸好来了青岛，非常高兴认识了你们。

此刻折磨着我的是宿醉，以及即将回到日常生活的沮丧。而认识你们竟然奇怪地缓解了我的焦虑和迷惘。

二十五岁的秋天我第一次来到青岛。和一个北方男孩约好了从北京出发，坐火车一起去青岛看大海。我们在朋友家住了两个晚上。第一天晚上喝到了用塑料袋现打的啤酒，还有樱桃色的小萝卜和蘸麻酱的生油麦菜。第二天我们找到一片安静的海滩，待了一个下午。那天的海是蓝色的，天气暖和，很多小孩在海里捞海带，也有可能是紫菜，我记不清了。晚上我们去了（真正的）啤酒厂旁边吃大排档。两个人说了很多幼稚煽情的话，然后男孩喝多了，突然一头栽倒在地上。

我们一起坐火车离开青岛，男孩在中途下站，我继续独自坐车回北京。当时没有高铁，回程非常漫长，我很快就趴在靠窗的小桌板上睡着了。中间断断续续醒来，最后一次醒来时火车快要进站，我看着窗户外面，夜晚的铁轨两旁，居民楼的窗户里亮起白色和橙色的灯光。

很快就要看到家门口的便利店了——我这样想着，才突然想起来，要回到的并不是上海的家，而是没有便利店的北京。那会儿我刚刚在东南二环的转角处租下一个小小的房间，下定决心要在北京生活下去。

火车越开越慢，夜幕中的景色变得清晰，生命中的困顿将要向我拉开帷幕。

（本文图片由黑猫道提供）

金色轮廓

文 / 祝冬安

1

五月，和林去牛背山。

晚上从重庆出发前往成都，因为堵车错过动车，只好坐上一辆黑车。晚上六点启程，车厢里多是错过动车的游客，不得已选择这辆大巴。深夜十二点，车子在陌生的乡村公路上飞驰，沿途可见到稀疏平房和玉米田，车灯里都是白桦树。

旁边的陌生男子主动搭话，说，如果车子在半途要求乘客下车，我们该如何应对，或许只能选择暴力处理。

中途经过陌生小城，车子停在一处荒僻加油站，加好油正要离开，被当地几个地头蛇上前拦住，司机下车交代半天，隐隐听到，要没收钥匙。一度僵持。其间我一直在打电话，半小时后才平安发车。

沿途一直在看手机地图，盯着蓝色圆点，看着它一点点移动。仿佛被卡在成都与重庆之间无法做出选择。因为错过车，两人之间有怨怼，坐在不同的位置，林发来短信，说，不如回重庆。我望着窗外夜色，山顶上有巨塔燃起明黄灯火，已经抵达宜宾。我说，无论如何，不能放弃。虽然小孩子脾气，但我知道责备没有用。

即将进入资阳时，成都的同事发来短讯，询问杂志的事情，聊完看去，

林已经睡着。前方坐着去川西的藏人，时不时看看我们，不太说话。

抵达成都时，已深夜两点，乘的士到南站，发现南站已经不是四年前尚在成都生活时的模样。那时早晨上班，要从万年场到南站，再转车去高新区上班。穿过整座城市。晚上回家，时常在拥挤车厢内睡着，被报站声吵醒时，已经抵达终点站，恍惚间觉得眼前一切异常陌生。那曾是一段难熬的时光。但春天来临时，看见街头樱花盛开，常有和煦阳光温暖人心。夏天温热，夜晚有栀子花开满道路两旁，公园热闹，离住的地方不远，是天天跑步的好去处。一次邹来探望，看我瘦得厉害，连连说认不得我。那时一个人，恢复独身，每日夜跑，又失眠，怎会不瘦。

依旧记得公园里广玉兰碗口大的白花，在夜色中摇摇欲坠。人那样瘦，走在天桥，夏夜里有凉爽清风吹拂。人瘦的时候，吃极少的绿叶蔬菜，素食，精神极好，没有睡意。清晨也醒得早，像老年人，看着窗户渐渐发蓝，天光透进来，鸟鸣从缝隙中落下。漫长而寂寞的夏日早晨，有时有细细阵雨，又吹风，水杉木的影子在窗户上摇曳。一个人在昏暗房间打开电脑，处理邮件。仿佛住在被海水环绕的岛屿之上，总怀疑，打开窗就会看见大海。

The silent mystery towards life III
静默如谜的生活

2

小旅馆内灯光昏暗，蓬头损坏，热水很少。将就着洗了澡，匆匆入睡。短暂的四个小时，被闹钟吵醒，又匆匆收拾行李。在楼下麦当劳买了咖啡汉堡，查询地图后去南站取票。

在喧嚣的大厅里，看见众多背包客，时不时见到外国游客，总是形单影只。其中一些扎着嬉皮士的发辫，眼睛澄蓝。

坐上大巴时，天空下起小雨，担心明天的天气。

从成都穿过雅安，渐渐发现地势变化，原本下着小雨的天气，豁然明朗起来。大巴在山腰上飞驰，底下是深谷，奔流的大河隆隆作响。偶然路过一座小城，建筑风格都陈旧，虽然一样是水泥高楼，却散发出颓唐衰败的气息，鲜少人烟。那是被周围高山隔绝，被时间和人世遗忘的模样。这种置身世外的感觉，让人精神，头脑异常清晰。

想起去年夏日，和林去学校后山散步，那时分手，或许因为思念，或许因为当初复杂的纠葛导致内心难以平复。有未了的情愿。两人一同在山路上慢走，山间极其清静，傍晚落霞漫天，那动人心魄的绚丽，似乎预示着即将发生的事情。暮色渐浓，我们走至山顶一处凉椅坐着，两人无话，此间有风，簌簌地穿过松林，霎时间松涛哗哗作响，有归巢的鸦鸣响起，嘎，嘎，只两声，渐渐飘远。我说，你要不要喝可乐，对方说了什么，不记得了，只记得说，下次可以到你家去吗？我说，当然。我们沿着山路回家，月亮升起，看见地上自己的影子。途中小歇，我们在夜色中唱歌。山下华灯初上，远处那条街就是自己的家。

3

在冷碛停留一晚，第二天和陌生的背包客一同出发，是一对陌生年轻男子，拿着拐杖，一起挤在车厢中。车子停在山下，看见一群登山队。这是唯一的徒步上山路线，我们下车跟上。昨夜下了小雨，泥路湿滑，已经有人摔跤，身上挂满泥土痕迹。随着时间过去，眼看要到中午，山路越发陡峭，中途竟然遇见高山上的公路。后来抵达山顶时知道，这是新开发出的路线，直达山顶的旅馆。与其说旅馆，不如说是一个个大帐篷，里面搭起一架架床，单独分割开来的包间和成排睡的大床，让我想起孤儿院里的宿舍。

抵达山腰上的村落时，手机已没有信号。往下眺望，云海翻涌。路上一棵桑葚，正结着一树紫红的果实，我们摘着吃，微微酸涩。樱桃也已成熟，在青瓦房后落了一地红。无人居住的土墙房外，高山玫瑰正在开放。

我们正经过松和阔叶树交织的深林带，为了节省时间，选择林中小路，恰巧遇见多雨天气，小路极泥泞，背包客不多，还是能够忍受的地步。林从小在城市长大，爬山于他而言或许是有挑战的事，很快落在身后。中途阳光从云层洒落在松林间，头顶有粉红小花在开。再往上，攀爬的蔷薇科植物显示出明显的分带，穿过最后的松林带时，植物变化明显。在落满松针的树林中，偶遇一处开黄色花朵的兰科植物，以及一株野生芍药，也正开出粉紫红的单瓣花朵。这些是极为珍稀的植物，只在人迹罕至的深林峡谷静静生长，一见到，心里有微小感动。

松林渐渐消失，由灌木带取而代之。无穷尽的野玫瑰开出粉白黄的花朵，香气四溢，一直延伸到山谷。野草莓遍布，成熟的果实难以看见，都被动物搜刮殆尽。偶尔遇见一株高山杜鹃，一样开着淡粉红白的花簇，或许再早一些，会看见更茂密的令人瞠目的花冠。

灌木丛消失后，切身感受到海拔增高带来的高原反应，呼吸急促，头微微晕眩。我们掏出山下买的士力架吃，甜腻却可口。脚下有紫色花絮，不知其名。

抵达一个新驻扎地，在山腰上的小卖部要了奶茶，大家都聚在屋棚下，都是来自各地的陌生男女，年轻人为主。时不时也有形单影只的人，独自背着背包疾步赶路，带着面罩看不清面容。这时桌下有大猫跑来。金毛大狗温顺地在人群里穿梭。女孩子们喜欢吃煎炸锅巴洋芋，放很多辣椒，脸上露出满足的神情。不远处石头砌成的矮墙上，一盆刚栽种不久的野芍药，植株已经失去水分，花朵凋落，也许稀少而珍贵的高山植物，都不近人间烟火。

喝完奶茶，再次启程，沿路岩壁上开满紫红报春，路上三五成群的植物爱好者，指着一株形似魔芋的植物在细细研究。山坡上出现了马匹，远远地看见有人来，很快隐入山背面杜鹃林中，消失了。

走在平坦的公路上，林落在身后，走几步，要停下来等他，看着他慢慢走近我。再一次，如此反复。他这样年轻，有一颗惧怕安定的心，我停下来，停下来等。虽然我并不确定能够等到什么，或许连我自己，也并不明白我要的是什么。此时此刻，我只是一个单纯行路的人，我在静默中行走，跟着我的心。山巅上的云团在静静爬动，鹰在盘旋。

回想起山腰上遇见的小摊，四个老人在搭建的草棚下卖草莓和樱桃，他们住在这里，没有城市的便利，甚至无法接收手机信号。有的是一院子樱桃、玫瑰和老核桃树。他们养猫狗，养鸡鸭，喝山上流下来的泉水。四季耕种，管理小麦和玉米、土豆。闲时去采草莓，有的人家喂养牦牛。这样的日子，他们一直过到暮年，几乎与世隔绝。习惯城市生活的自己，或许难以忍受此种仙居般的孤寂，但他们却过得自如，有一双毫无杂质的眼睛，那么大的年纪，却双目澄亮如钻，走起路来脚下生风。

如此，或许正如《色戒》里所说，满足一个欲望，就会有无穷尽的欲望接踵而至。是选择克制一个欲望，还是满足一个欲望。

4

下午抵达山顶，地貌更加陡峭，地表只剩下细小贴地植物，多肉丛、景天和开米粒小紫花的矮杜鹃，绿绒蒿开蓝色和亮眼的黄色花朵，时常走在路上，远远以为是一块女子丢失的黄色丝绢，挂在矮草上任由山风摇动。走近看，像虞美人，果实又像极了罂粟。沿路起了浓雾，雾中见得光秃的山坡上一簇簇大叶植物，如虫子从泥土里拱出，慢慢张开巴掌大的叶片，最后长成高大植株，开一串串白色花絮。一直查不到它的名字，只在高山上生长，形态优雅，有佛陀低眉慈目的善相，印象深刻。

在山顶上，寒风呼啸，不能长久坐在室外。可以看见贡嘎雪山挺立远处，山顶上积雪覆盖。藏语里，贡嘎的意思是最高的雪山，它在藏民心中地位极高，有不可撼动的尊严。很多攀登者命丧山中，尸骨无寻，登顶者也寥寥。

夜晚睡在棚屋中，被子很厚，热得无法入睡，中途打起小电筒去屋外的简易厕所，回来继续入睡。半梦半醒中，听见大风掀起棚屋上的塑胶布匹，啪啪作响。凌晨时候，林叫醒我，我们一起去山顶看日出。

走出棚屋，天寒地冻，去山顶的路上处处都是牦牛的脚印，原来它们一直在夜间活动，此时挤在山顶的游客人满为患，它们便跑到远处的山头上吃草。有人放飞无人机拍摄，云层散去后，远处神山顶上的积雪沐浴在早晨阳光下，在黑暗中，它成为一块天上耀眼的宝镜。大家都在拍照。

由此想来，作为植物爱好者，自己的乐趣倒是在另一处了。挡住大雪山的阴霾散去后，林拿出相机拍摄，天际散发亮紫光束，背后猛然阳光万丈，太阳悬在云海边际，还未爬高。高原的阳光，即便是早晨，落在脸上也有温热的抚触感。远处一片宛如鸽背温柔起伏的山坡，牦牛和马匹正在吃草。每一棵草，每一顶帐篷，每一只动物，都有发光的金色轮廓。我知道，我也一样。

（本文图片由黑猫道提供）

小说

Novel

117 祥云弥渡 文|于是

135 大海微青 文|月山行

152 啊！糟糕的日子 文|重木

168 回归 文|（苏）安德烈·普拉东诺夫

祥云弥渡

文 / 于是

1

停电的瞬间，浴室的水声似乎被放大了。黑暗中她继续洗澡，柔腻的浴液在手掌和肌肤间摩擦出湿润的微妙声响，节奏逐渐暧昧。

外面洗手间里的男子吐出最后一口水，牙刷在杯子里碰撞。水龙头被关上了。她注意到随后的一刻迟疑。她意识到他在等。或一系列的自问自答。问题全都是重复的。叠加在生殖器上，令其更坠重、更坚定、更糊涂。黑暗是催情药。当下有诱惑。他没有走出去，仿佛被黑暗粘住了。

她听到毛玻璃门响了一下。有点矫情的小心。很快，仿佛为了一笔勾销方才不合时宜的礼节性试探，门哗啦一声被彻底拉开了。

她知道自己已完全暴露在陌生男子面前。可彼此都是盲的。什么也看不见。只知道对方的存在。

她不曾见识过这样彻头彻尾的黑暗。星光或月光透过枝叶屋顶窗户等等复杂的投射体微妙地存在，却足够注销彼此的身份——陌生人。视力在积极地调节，配合联想的激进。水龙头里的银白色依然是最亮的、最容易被看到的。或许微妙的夜光只被水流吸收了。皮肤浸染了黑暗。她的脚掌正踏在与胸齐高的瓷砖墙上，支起大腿，冲洗脚踝处滑腻的浴液。手臂上的那道疤仿佛涂了防水涂料，此刻竟也闪着微光。

他的眼里应该也只有黑暗。或许更黑暗。突然，街上或隔壁院落里有烛光，慌张地一闪而过。经无数路灯、玻璃窗、瞳孔、戒指、拉链反射后折到这个一触即发的角落，他突然瞥见她的脚踝的轮廓，和一只恍惚的脚趾。在稀疏的水帘下。或者说，是她以为他能像自己一样瞥见。她认为自己的身体也是反光体。其实他人的视线都是诡异不可测的。

烛光转瞬即逝。她只觉一切像有预谋。她隐约看到他的手搭在横向推动的铝合金门框把手里，一个长方形的小凹槽。她的眼角窥到荧光边沿的电灯开关，一道微蓝的印痕。她听到他伸手摁下开关，条件反射一般又摁了一下。再摁一下。节奏加快。她清晰地跟上这本该立竿见影的举动。关，开，关。此时是关闭的。她没有任何异议。他反正是关了灯。即便在这样被动的黑暗里，他还是如她所愿的那样，主动承诺了黑暗。

她的手搭在潮湿的瓷砖上了。放下了腿。水汽温暖，瓷砖上却冰凉。她浑身一激灵。就在这时，她听到脚步声递进。他只消再往前迈一步就能碰到她。这里的浴室和洗手间都小得很。和很大很大的天地形成巨大反差。他怕她摔倒吗？他是不是也和她一样，受不了三秒之间复杂迂回又强烈冲击性欲的暗示。实在受不了。

突然，她的手被他拉牢了，他说，小心。她因为掌握了黑暗的庇护，所以没有拒绝。但又惊惶起来，不知道黑暗会不会背叛他们好不容易积攒起来的触碰对方的勇气，转瞬就会有灯光从四面八方追踪到这里吗？无孔不入。

她说，你要用洗手间吗？

他无法回答。也不知道自己的喘息声在加剧。

她伸出滴着水的手臂，利落地拉上毛玻璃门。仿佛生怕对面小楼里的住客会透过窗前的蔷薇花盆窥见一丝不挂的她，哪怕是在黑暗里。可他不是一丝不挂。他穿戴整齐，甚至还戴着眼镜。水滴仿佛从她身上一粒粒溅起，他耐心地想等自己周身湿透。

她从容地关掉水龙头。水声瞬间没了。塑料拖鞋在湿水里走动几步，叽叽嘎嘎响了几声。湿润的声响让她茫然，因为湿润显然是没有对象感的，也没有回忆或遗忘。在黑暗中，肉体以自己的规律，遗忘了她自以为牢记的孤独。

她说，我洗好了。马上出去。

他依稀看到她在灵活地转动，松开了揪着他胳膊的湿漉漉的手。谁也没来得及好好体会那种触摸。太短暂，隔了水，隔了他的衬衫。她没有像某种女人因为黑暗突降而尖叫嗔怪。

因为这不是第一次。

2

第一次在浴室里遭遇黑暗，是十年前。她的十年前。

灯泡“呲”的一响，水泥墙内的黑暗也有着荒野里深夜的质地。她若无其事地冲遍周身，洗完澡，裹上浴巾摸索着走出去时，迎面撞上了老头。推开浴室的门后，黑暗稀释了，防盗铁栏将弄堂里的路灯光格成黄灿灿的细条，斜斜地照进来，之后的路径就在家具和桌椅间扭曲断裂，七拐八绕，到了客厅尽头的洗手间门口已溃散不堪。

她扶着他，要往他的卧室里走。保险丝又爆了。他一定是在床边坐了一会儿，才反应过来：她没有像上次那样主动而迅速地去走廊里装好新的保险丝。新的保险丝和手电筒都搁在门口鞋柜抽屉里。还有蜡烛。

她搀着他的胳膊，他不肯走，那么虚弱的老头，双脚却像扎了根一样。其实她不敢用力。对脆弱的老年体，不知该用多大的力。她便把一手抄在他腋下，一手环抱住他的腰背，悄悄使劲推他。他光着上身。上海夏夜的温度却没有渗入他的干燥皮肤。像湿润雨林里的一片老沙漠。褶皱如页岩，但在黑暗里，在她推动的力量下，褶皱被拉开，仿佛可以无限拉伸。她分明感到一具皮囊在自己手中向前方抻长五公分，他却丝毫没有动弹一步。这松弛绵软的老皮囊，她突然意识到自己没有恶心。只是觉得可怜。

这个老头每周都会坐在浴缸里，让老太洗一个澡。他有时叫老太：老太婆；有时叫：阿芳；有时叫：护士；有时叫：妈妈……无论如何，他认得老太，确信自己可以把皮囊交给她。

早上总是老头起得早，她睡眼惺忪地看他坐在客厅里看电视，或者什么也不看。起初还非常惊恐，她还把卧室的门死死锁牢，插上插销。后来就无所谓了，她听到他有时叫自己：阿芳；有时叫：哎；有时叫：护士。但他不会叫她妈妈。

有时，他呆呆的，不愿意从水里站起来，老太会叫她帮忙，把他从浴缸里扶起来。有时他又很闹，还没洗完就非要出来。她又得帮老太把他摁回去。她见到过老头的裸体。很丑，很干。多少水都无法滋润，甚至会把水吞吃得干干净净。她想到褶皱，是褶皱吸干了那些水。胯下黑黑皱皱的一团，睾丸拖得很长。她总是扭过头，帮过手匆忙就逃，但还是能看到的。有时她故意不去看老头，而去看老太，看她悠然自得地把水撩起，从上到下搓他佝偻的背，再让他站起来，熟练地擦干他的臀腿，包着毛巾的手不带任何情感似的在他的胯下绕来绕去。她想从老太的脸上看到厌恶之情，却没有。后来又想看到享受之情，看到了，却觉得难以置信。

这会儿他终于走起来，走到床边坐下，乖乖的。有时吃过午饭，老头和老太会并排坐在床边，你一句我一句地说说话。她回房时要路过这个门口、这张床，有几次，她联想着一对老人躺在这张床上，会不会像年轻人一样做爱呢？这样的老，就连拥抱都显得像搀扶。

她转身走向门口，拿出保险丝盒和手电筒，一开门，却见门口的夜灯亮着。她想起灯泡那“呲”的一声，原来只需要换个灯泡。她便搬了板凳，取了一百瓦的新灯泡，回到浴室，把开关摁下，擦干手，拧下灯泡。灯泡很烫很烫，她一甩手把它扔到地上，浴巾也散了。她用手电筒照着灯座，把新灯泡旋入。手刚放下，就听到开关“啪嗒”一响，灯泡刺目地亮起来。她眼前一晃，赶忙遮住眼睛。

黑斑还没从眼底褪尽，她便看到老头站在门口，张着嘴，仰着头，看着她，突然像个长满皱纹的小孩。她浑身赤裸，头发滴着水，站在方凳上。她从没见过他眼睛里与其说那么清晰、理智，毋宁说是有极度糊涂的惊诧之情。她想到回光返照这个词。甚至发现他的瞳孔在骤亮而起的灯光中急速扩大。

他说，小林，侬回来啦？

新灯泡闪了两下，又灭了。她突然想起，浴室只能安四十瓦的灯泡。难怪在一百瓦的灯光下，一切都陌生得像有未来感。浴缸三分之二深处的黑垢印记，瓷砖缝里的长发和蜷曲的阴毛，下水口绿黑色的霉斑……都仿佛被搬上了舞台，连同一个十九岁刚出浴的她。每一个毛孔都干干净净，皮肤紧绷着，水珠圆润顺畅地往下溜，反倒像是这一景中的异类。

第二天中午，林阿婆带着糖醋带鱼、梅菜扣肉、菠菜浓汤和红烧素鸡来了。三人围着靠墙放的方桌吃午餐。他们只吃梅菜，把肉都给她吃。菜不能吃完，因为她和老头的晚餐也在这里了。桌子不晓得有多少年头了，黑漆漆的，看不出本来的颜色，油泥可以用指甲抠刮一层又一层。她总是尽量避免去碰，心里想，反正很快就会离开这里。

老头端起菠菜汤就喝。用搅拌机打出来的菜汁稠稠密密，颜色浓重得像油彩。林阿婆说，“伊最喜欢吃菠菜嘞。老了，没牙齿了。”她比划着嘴巴，兀自咯咯笑起来，两根带鱼刺还粘在下唇。“现在方便咧，搅拌机一打，嚼都不用嚼。”

她尴尬地笑笑。没有人知道她离家出走住在这里已有两个月。一个月 200 块，在快要拆迁的老弄堂，痴呆老头家的小房间里。也没有人知道她和初恋情人私奔的下场是独自面对两个老朽的陌生人，像隐世一样藏在这间时光黏腻的牢里。她只是交钱的房客，住两个月，加饭钱，一共五百块。她每天到巷口烟纸店打一个电话，对拷台小姐说一遍：我在等你。直到两天前，小姐答说：这个号码已停机。她下意识摸着肚子，第一次意识到，肉体无法像机器那样有开关，有明灭。肉体非生即死。

林阿婆舀了一碗绿色的汤给她。手颤颤巍巍的。她把勺子淹进去，靛蓝花瓷的图案被绿色浆液缓缓吞没。就在这时，她感到了那种绞痛。近乎黑色的老方凳上看不出红色的血，滴到红漆磨得斑驳的地板上也看不到，只有木头的狭缝、磕碰的凹痕里储存了她的血。默默啜饮。无声渗透。

夏天的蓝色人造棉睡裙有白色的小点。蓝色的还能叫作波尔卡圆点吗？

白色的小点在红色中颗颗粒粒逐一沦陷。她不好意思用手去摸。又不好意思在林阿婆的目光下放下绿汤。于是，就在第一次失败的爱情、失败的结晶汩汩而出时，她乖乖地一勺一勺喝着绿色的汤汁。难道她一向不是乖小孩吗？甚至乖情人。

喝完了。老头突然利落地摘下带着铅丝的假牙，拔出了一根鱼刺。她问，等下要洗澡吗？

林阿婆伸出白润的手，摸了摸老头的脖颈。她保养得很好，有时还会涂点唇膏。但垂荡的面肌和臂肌无时无刻不在颤颤巍巍。她说，噶热的天，总归要汏一浦。她还说，别看老头脑子糊涂，身子却毫不含糊，别人湿嗒嗒，他也一样湿嗒嗒……

她放好碗筷，轻轻地站起来，好像传说中的胎儿真的会扑通一声脱落在腿间，哇哇啼哭就像电视里的小娃娃，在众目睽睽之下搅乱这场祥和的饭局。知了在叫，不知何处传来婴儿的啼哭声。自行车铃叮当叮当。

男孩放肆地大笑着跑过窗下……她听得到一切，如同在一百瓦的光明下。洗手间就在厨房隔壁，只隔一道墙，可她觉得路那么远，走不到。她盯着把假牙放回嘴里，又夹起咬到一半的带鱼的老头，眼神渐如冷火。她想到前一夜他看自己的目光。从不知道多少年的皱纹堆出来的狭小晦暗的眼睛里放射出来的激情之光。霎那间，她恨他。是他和死神靠得太近的目光，杀死了她的希望的最后一丝迹象。她总得去恨点什么吧。

林阿婆突然叫起来。她看到了像蛇一样从她腿间慢慢爬下的血痕。

之后她便软绵绵的了。所有希望，所有伪装，全都和死亡离得那么近……

3

人生里第一场死亡，是未成形的孩子；第二场，是陌生的老头。后来她就相信，死亡是激情的光明，兴奋的眼神，过分的亮，全世界的喧哗一齐潮涌而来，死亡就是老头的眼神和迫近一百瓦灯泡的那种亮。而黑暗，只是欲望。这是十九岁到二十九岁的逻辑，是任何人都无法改变的她那执拗的联想。

黑暗中，陌生男人变得很亲近。在云南的雪山脚下，田野是像割绒一样柔软高贵的地方，她和他同车到达，同在一个旅馆，几次目光的对视，仅此而已。她明白一个男人带着试探走向自己时，空间里波动着温度和强度。从十九岁到二十九岁，曾经亲密过的男人仿佛都在黑暗里的这个男人身上汇总。故而是黑色的。

他们一起沿着盘山公路往高处攀爬，经过很多有美丽名字的地方。她在车上只看天地，在旅店里只看地图。

祥云。弥渡。绿春。红河。临翔。永善。

只是经过。不属于她。

在楚雄，还是走四年前蜜月时走过的那条路。曾经三个小时几乎垂直的颠簸，如今已缩减成为一个半小时了。但颠簸的旧路依然没有修好。沿途的工厂依然制造鲜艳的翻土机。石子硌着轮胎。她的腿靠在车厢壁，和黄沙只隔一层铁皮。上一次，她和新婚丈夫在上下颠动中嬉笑着，比赛谁的糖吃得多。她和那个男人之间的距离可以数字化了，可以盖棺了。

二十九岁的离婚女子，独自上路，温习蜜月之旅。她不想对任何人讲话，却不想辜负任何笑容，挎着鸡蛋兜售的白族老妇人对她笑，她便笑。只剩五颗牙齿的店主详细而优雅地介绍洪福远的蜡染金奖作品，她便笑着买。留着童花头的女孩指挥绿裤子的男孩爬树，她也笑。司机老李在穿了几十年的破毛衣和汗衫中说，人生就是一首歌，有高有低，唱完了，余音都不会有。她边笑边听，然后就不笑了。

这时候她想起结婚时的筵席，当时的她则想起十九岁严肃而荒唐的私奔，胎儿莫名地流走，自己在老头死后才终于走出那条回忆错乱的弄堂。那个当时的她又根本想不到自己在六年后会结婚，四年后离婚，而那条弄堂的旧址上已经耸立着一栋可怕的浑身黑色的写字楼。她总是当下想以前，像是检点或确认，认清自己是如何一路走到了当下。

逃到哪里都是牢。旅游像是呈堂证供，证人发誓，物证齐全。好像回忆的太平间。

后来，她开始喜欢重复曾经和他走过的路。去过的餐厅，甚至有点怀念吃过的饭菜。但又很清楚，那不是怀念，只是祭奠。旅行，培养厌倦的唯美方式。患得患失。与其躲闪，不如迎面撞去，熟悉到麻木也就能忘掉了。

这就像在制造绝缘体。在他到不了的地方，只有铺天盖地存在的景致。他可以被沉默地接纳，也可以被沉默地推远。一切都是徒有其表。她便逐渐心安理得。最幸福的回忆，可以变成最不幸福的回忆。假如没有病症帮忙，遗忘真的是种需要勤学苦练的技巧。

然后她才注意到他。在大理的古城墙上，每一个垛口都有一只蜘蛛织网独霸。她趴在那里，凑近了金光闪闪的蜘蛛，对照相机的微距功能很不满意。终于决定放弃，一起身，看到他在看着她笑。她不拒绝别人的笑。他挥舞了一下手中的单反相机，问她，要不要借给你用？

现在，在整个村落常见的停电后的黑暗中，他似乎可以把自己的皮囊借给她用。

4

林阿婆花了一个月照顾她。陪她去了医院检查，回来后不让她碰冷水，也不让她吹空调，每天下午来都要唠叨，小产也要坐月子！她也不再到巷口打电话了，只在自己的卧室里看电视。暑假里每年都要重播《西游记》和《排球女将》，她反正就是看，总比看新闻强。偶尔她也会想，如果现在回家去，爸爸妈妈会不会把她打死？

有一天下暴雨，林阿婆进来时没带伞，也没淋湿，照样手里提着四层一摞的饭盒。她第一次问，林阿婆，你住在哪里？她指了指楼梯口，说，“我就住在楼下头呀。”她想了想，只应了一声“哦”。

她没办法问，你是他的谁？好心的邻居？过往的同事？或许，还可能是亲戚。

林阿婆从来只是说老头如何如何，“昨天伊烦得要死，老是问我粮票在哪里，都啥年代了，还用粮票？”“明朝要记得帮伊剪剪头发……”也说自己，“我是老了，退休十多年咧，除了做饭烧菜，也没啥贡献了。”“我小辰光老欢喜听沪剧的呀，我看看这个频道，勿打扰侬伐？”……但她无法理解两个年逾七十的老人之间的关系。事实上，是联想得太多种可能性：她可能是老头家人雇的保姆，可能是两小无猜的弄堂里的好朋友……凭她当时的阅历，还想不到“文革”、打仗或离婚之类的情节。她只是很羡慕，有个老太能这样日日不断地照顾一个老头。

“今朝天落雨，我没出去买菜，做了葱油面，侬的是三丝凉面。个么好白相咧，伊刚刚讲，只想吃馄饨，触气伐侬讲，作得要死，这死老头。”这天林阿婆似乎脾气也不好，从老头房间里出来，一脸不高兴。“我忒伊讲了，明朝吃馄饨，伊又讲要吃伊拉姆妈包的荠菜开洋大肉馄饨！我哪能晓得伊拉娘包的馄饨啥味道？这老头子哦，光记得有人服侍伊的好日脚了，倒还是有福气，这种病就像黑板擦，一辈子有点啥，全都擦得迷迷糊糊，剩下来一点点，怎么想都是好的，这辈子最好的。”林阿婆把饭盒一一打开，把凉面和浇头放在她面前。

她觉得自己都快熟悉每天中午的这顿饭了，完全不需要操心。“下次你教我吧。我也可以做饭的。我会包馄饨的。”

林阿婆不耐烦地摆摆手，“勿睬伊。侬晓得的呀，伊老年痴呆了，讲过的话，过一会儿就会忘的。”

“这毛病有多久啦？”她问。

……老太想了想，眼睛定洋洋呆了片刻，却没回答。

那天老头没有吃午饭。下午也没有洗澡。林阿婆吃完饭，洗完碗就走了。房间里突然冷冷清清的，她看了看坐在床边的老头，轻轻问，要不要吃点葱油面？老头埋头在看什么，没回答。到了傍晚，天放晴了，她倒在席子上睡了一场非常好的午觉，《基督山伯爵》从她的手里落到枕边，那是她从客厅的书架上翻出来的。她从没有真正恨过老头，只是觉得可怜。书架上有很多书，还有几只相框，里面的老头很年轻潇洒，旁边站着一个小男孩和一个烫着头发的漂亮女人。在她焦心等待小情人把自己接走时，根本无心打量这房内的物什，她会算计钱够不够，猜度她离开这个秘密落脚点后会开始怎样的新生活，甚至担忧他们的小孩能不能报上户口。但现在这一切都不存在了。她其实很惊讶，从中恢复过来竟是这么快。她还以为会是一辈子的伤痛，再也忘不了，可一个月后，她已经在看法国老派小说了。偶尔会去琢磨，情人怎么会知道这个地方的？他直接带她来，把钱放在桌上，好像什么都不用交代。她只记得，自己跟在他后面走进这条巷、这间屋时，世界突然变得很安静，但是，是那种屏息不出声的安静，气息都逼近在身边，她甚至感觉得到，隔着薄薄的窗帘布，对面人家就在暗中窥视。走进来后，老头呆呆地坐着，没问他是谁，她是谁。一副胸有成竹的表情，好像他什么都知道。

她也记不清是谁告诉她，阿婆姓林。是他还是他？还是她？

在这间屋子里，时光仿佛是用和外界不一样的速度在进行。或许外面已经翻天覆地了，爸爸妈妈也老了，情人已经死了，同班同学早已毕业了。或许只有她和一个痴呆的老头住在一起，形同陌路，却吃一样的东西，甚至对彼此裸露的身体也变得熟稔，有汗臭也不觉得羞耻。

她是被“当、当、当”的声音吵醒的。她揉了揉眼睛，天光很亮，一时间竟以为是黎明。睡裙睡得一塌糊涂，浑身都是席子印，白白的斑痕间有红红的道道。她就这样斑斑驳驳地夹着塑料拖鞋走到厨房，见到老头弯着佝偻的背，在斫一块肉。

肉是从冰箱里直接拿出来的，还没化。只外表一层红红烂烂在刀下疲软。

背是那看惯的瘦弱干瘪，脊椎像化石一样突兀着，顶着皮。

刀是一把阔背的砍肉刀。一直插在刀具里，只露出刀柄，她从未碰过。冷不丁露出寒森森的刃，让她汗津津的皮肤上突然起了鸡皮疙瘩。更何况，刀刃在上，刀背在砍。

刀刃在老头的挥动中，仿佛无比接近他的脸。仿佛那些褶皱突然有了吸力，要把这制造罅隙的能手收编到自己的阵营。

老头木知木觉，只盯着案板上的冻肉。黄昏仿佛很快就要消失，太阳不是落山，而只是被对面的楼房遮住。于是，他突然变成剪影，像皮影戏里的武将。

她吓得赶忙冲过去，抓住老头的手腕，细细但灌满蛮力的手仿佛从天而降，既不像他的，也不像其他人的。像鬼的。

“不用剁了！林阿婆说了，明天吃荠菜大馄饨。”

“林阿婆？啥人是林阿婆？”老头的眼里又是那种清醒的，像回光返照的神情。他看得她发毛。“侬又是啥人？哪能在阿拉屋里厢？哦……阿是……小青的同学啊？”

她僵在那里，明知这是痴呆症的惯常反应，却不知道该如何作答。或许也知道，只是觉得在迫近刀刃的时空里，这问题出现得太过巧合。

“小林。”她呆呆地，轻声耳语。她的记忆是好的。而且，没什么要记忆的。她当然记得他曾在一百瓦的灯光下这样叫过她。

“小林？”老头愣了一下，低头看了一眼案板上的肉和刀，还有她攥着他手腕的手。就在那低头的一刹那，时光倒转，世事凌乱。“小林啊。”这一声，已变得犹豫。

“小林啊！”他抬起头，好像年轻了三十岁，回到盛年，回到爱时。一张被激情和惊喜照亮的脸庞对着她，简直用那眼神就能刻上亲吻。“小林啊，侬回来啦！”

她突然领悟了这场游戏的奥妙。他是她此生见过的第一个如此老朽，如此糊涂，却如此充满爱的渴望的老头。仿佛在那一瞬间，他教会了她所有生存的奥妙。事隔多年，在结婚筵席和离婚后的独自旅行中，她都会记得那时的这张脸。

刀子被放下了。也分不清是她还是他放下的。他拉起她的手，匆匆忙忙往房里走。直奔他的卧室，到床头，他没松开她，用另一只手拉开床头柜，取出里面的一本老相册。她没有害怕，被这双分不出年龄的手拉着，竟然是温暖的。但看到相册，她有点惊慌了。

“小林啊，我等侬等了这么多年哦！写了多少信哦！你看看，寄拨你的信都退回来了……”他翻开相册，原来是要看里面夹的信。他胡乱地抓起几封，蓝色圆珠笔墨都化了，不知道多少年了，邮票也都陌生，字迹倒是端正，写着：林秀珠收。林秀珠收。林秀珠收……

她不敢去看他的脸，反而留意压在一摞信下的黑白照片。黄昏怎么来得这么快，她已经看不清照片上的人影。她真心希望，自己和相片上扎着粗辫子、戴着军帽的女孩有几分相像。她也要努力听懂老头转瞬即逝的、清醒中的逻辑。他在说，小林去了战场，很多人说她不会回来了，很多人都说……说来说去，还是这么几句话。没有细节可供她编造。

但他眼睛里的光在迫她应允、迫她说谎。于是她开始说，一股脑地，不加思索地。“我怎么会不回来呢，只不过去打仗，那么多人在打，又不是我一个人。我刚刚回来呀，累死了，坐了很久很久的车呀，饭都没吃，要不要一起去吃饭？吃冷面好伐？你要三丝的，还是葱油的？”

他呵呵地笑，说，“当然是葱油面最好吃。你忘记啦，小时候你妈妈做的，我最喜欢了。明朝让阿拉姆妈包馄饨，侬顶顶欢喜吃咧，要吃几只？八只？十只？”

于是，十分钟后，他们又回到了厨房。她陪他吃了葱油面。吃完之后，他便恢复到了惯常的模样。没问她是谁的嘴巴瘪瘪的，脱掉假牙；没有拉住她的手脱去汗背心，上床睡了。老头当夜就死了。无声无息的。她开着床头灯，躺在隔壁，捧着《基督山伯爵》，看着看着就走神，甚至编出一些小林的情节，便时不时去隔壁看一眼，生怕他又翻出老相册里的旧信，生怕他盯着她看，生怕他和她对峙。

5

黑暗中，她像十年前一样裹上浴巾。身体没有多少变化。至少在外表、曲线或肤质都尚且距离老年遥远。只有她自己知道，未来的自己会是法令纹深重、颈纹深重、越来越瘦的老女人。黑暗中，年华仿佛在电光石火的回忆里失衡奔走，跌跌撞撞地将她骤然置身于老妇之境。捏着一块毛巾，往老头身上擦拭的老妇。

他停顿在门口，夜里的凉风随之而入。仅仅是那么几秒的时间。

她听得到他。甚至闻得到他口中刚刚漱清的牙膏气味，以及他尚未洗去的衣裳上的烟味。她像盲人一样动用嗅觉和听觉，以及双手。她需要摸索了，为了往外走，或是触摸他。

现在她有充足的时间体会触感。她伸出双手，往前一步，再一步，便是他的胸膛。紧实而温暖。法兰绒衬衫的质地毛绒绒的。继而是他的手，刚刚沾过冷水却依然带着男性常见温度的厚实的手掌。只要她的手在他身上标出位置，他便能及时地捕捉到。他用迟疑的动作将她的手包住，欲盖弥彰地停顿片刻，再慢慢改成牵手的姿势，慢得就像试探，看看她会不会突然不驯服，或相反，突然不矜持。

即便没有他的牵引，她也可以手指触着墙壁，慢慢摸索出去。甚至，她抱着自己脱下的衣服，在这样的黑暗里找到自己的房间也不算难。但她让他拉着，默许他担任使者或仆佣的职责。

他说，这儿有台阶，要小心。

她说，我知道。

他们走上了旅店里那条短促的走廊。木头地板吱呀吱呀地在她吱嘎吱嘎响的拖鞋下响，浴巾和他的衬衫、牛仔裤轻微摩擦，声音叠着声音，叠到上半身，便只有呼吸。他们走得极慢，好像黑暗中有不知名的怪兽会扑面而来，他们只能步步为营，在拖沓中伪装谨慎。

他问，你住几号？

她说，在走廊倒数第二间。左手边。

他顿了顿，又说，我就住在楼梯口右拐的第一间。

比她的房间近多了。在黑暗中，她试想他的表情，并努力回忆他的容貌。记不起来。眼镜是有的，但黑框还是无框都不记得了。记忆的把戏是多么诡谲，多年前的细节晃晃亮亮，今日所见数度却像蒙了雾。

她没有作答。一条走廊，大步流星只需数秒。两人模仿老人蹒跚，难道就能走到天荒地老吗？

走廊左侧有窗。没有关紧，或是已经破裂。他们走到了丝丝泄露进来的凉风里，她感到他侧过身，挡住寒气，又略微移动手掌，上下摩挲，好像要抚平她手臂上的鸡皮疙瘩，或是那道疤。动作很轻，手掌却也粗糙。他是从哪里来的？

黑暗中的男人有明确的方向感。女人也不差。走到楼梯口，冷风又从另一边袭来，再笨也会知道，再走几步就是他的房间。所以两人的脚步更慢了。她听到微微的声响，口腔里发出的，她猜想他欲言又止，或是在舔舐嘴唇。

他说，要不要，我进屋拿个手电筒给你？就在登山包的口袋里，我摸得到。

她摇摇头，忘记了自己身在暗处。可他感觉到了，他们离得那么近，她简直就在他的怀里。

她又突然说，好的，谢谢。

他愣了一下，便将手搭在她的肩头，移动了身子，转到她的右边，再伸手去摸那边的门。门吱呀一响。他扭过头，面对着她了。她感到他的气息距离自己的鼻尖仅有分毫，好闻的气息。他的双手都回来了，轻轻握住她的双臂，很大的一双手，令她突然觉得自己像孩提时那样小。

他耳语般地轻声说，等我一下，不要动，我很快就出来。

那双手好像花了几秒钟才甩开了黑暗的重压。带着一股轻风，离开她的身边。

于是，他将她留在了黑暗里。

6

那条走廊黑暗油腻，散发着铁锈和腐败的光泽，因湿漉漉的黑暗，时不时跳亮又跳灭的破旧灯泡，闪现出一片黏液质的墙壁表面。走廊显出诡谲的透视感，在不远处，却显得更远，需要很多很多脚步，深一脚浅一脚，扶着墙壁。有扇门打开，露出红红黄黄的灯光，照出潮湿的地面。犹如一条肠道，异形怪物蠕动腐化物质的蜿蜒暗黑之内在。她在傍晚的微光中，走出那间屋，朝着走廊尽头的楼梯口走去。隔壁有只锅正呲啦呲啦地响起，爆炒什么腥气的东西。她觉得自己的心就要跳出胸膛了，可全世界都不会有人知道。她走不惯那种窄小的木梯，要把脚掌侧过来，否则只能搁下后脚跟。就从她走出老头的卧室后，每一步都变得更急。却偏偏走得更慢。

她不知道林阿婆到底住在哪一间。她站在昏暗的楼梯最下面，茫然地朝四扇紧闭的房门望来望去。反正只有四扇门。她敲第一扇，没人应。她意识到自己弯曲的手指使不出劲道，便改用拳头咚咚咚地敲。还是没人应。她跑到第二扇门口，还是用拳头，咚咚咚，不知哪里的汽车叭叭叭叭摁响了喇叭，她继续敲。等汽车开远了，她突然看到门框上方有一只电铃，把手指摁上去后就没有松开。她真的急了。

一个秃头的中年男子打开了门，手里捧着一只碗，嘴里仍在咀嚼，很猥琐的动作。赤裸着上身，腰间的睡裤好像是刚刚套上去的，斜斜地露出半截花内裤。他把她从上到下看了一遍，蓝色白点的睡裙睡得褶皱叠叠，头发脏脏乱乱，一双眼瞪得大大的，却是黑白分明，像这破落昏聩的老楼里唯一的疯狂。他问她，寻啥人？啥事体？

她问，请问你认识楼上的老伯吗？

他斜睨着看她，摇摇头。

她又问，那么，林阿婆住在这里吗？

他的头摇得更快了。勿认得。侬问问隔壁，他们住这儿的时间比较长。

她谢过他，在他的注视下，用拳头去敲第三家的门。又是没人应。那男人扒了一口饭，倚在门口观望不足一米之外的她。她越敲越重，好像要把他黏在她背后的目光也砸掉。那男人走过来了，塑料拖鞋啪嗒啪嗒响了几下，汗味、菜味和烟味一起向她逼近，她还来不及闪躲，就见他紧紧贴在她身旁，也伸手咚咚咚敲起了门。

他哇啦哇啦地喊，有人伐？有人伐？

她镇定下来，任由他去吼。她突然放心了。猥琐又怎样，痴呆又怎样，男人又怎样？楼上的老头，像睡了一整天，下午林阿婆也没有来，她昨天没睡好，也糊里糊涂睡了一下午。醒来再去看，老头还是那个姿势，微微蜷着身子，蒲扇在手旁，毛巾毯在腰间，褶皱都没有变化过。她不敢去碰他，只是斗胆开了灯，凑近了去看。看到了微张的眼睛里朦胧一丝灰白，像蒙了灰的玻璃球在灯光下暗哑的钝色。

第三家真的没人。第四家倒主动开门了。穿着粉花睡衣的年轻女人不耐烦地在门口张望，扔出一句话来："敲敲敲，敲死人啊！"

男人指了指身边的她，见她不做声，突然用手推了她一把，手掌停在她后背。"侬想问啥，侬倒是问呀？"

她觉得自己像个犯人。

"林阿婆住在这里吗？"

"隔壁只有一对小夫妻，在外面开店的，不到半夜不回来的。阿拉屋里厢姓王，没人姓林。"女人把门拉开了一点，蹿出来一个小男孩的脑袋，嘻嘻哈哈在母亲大腿边作着怪腔，"敲敲敲，敲死人啊。"学着他娘的口气在说话。女人二话不说，把儿子推回了屋里。

"林阿婆说她就住在楼下的呀。她每天都到楼上来看老伯伯的。"就像嫌疑犯在为自己开脱。

"哪个老伯伯？"女人问。

"就是最里头那间，6 号。"

"6 号？小青家啊。小青老早搬走了。还有谁住在那里？我不晓得呀！侬是借住的啊？"女人没见过她。谁也没见过她，除了巷口烟纸店的老板娘。

她点点头。只能再问，"这条弄堂里有没有姓林的阿婆呢？麻烦你一定要告诉我。"

"啥事体啦？我就晓得阿拉这栋房子里没人姓林。"

"到底啥事体啦？"男人也问。

她含糊地指了指方向，说，"那个老伯伯好像死掉了。"

男人女人都傻了几秒，女人嘭一声关上门前，不忘吼了一句，"忒我不搭界的啊！死了人打 110。"

男人看着她的眼泪突然就掉了下来，倒一下子缓过神来。拉上她的手就往楼上跑，噔噔噔，楼梯踩得又快又准，她在后头连爬带走地被他拽了上去。两人手拉手在老头卧室门口停住，男人往床上瞄了一瞄，莫名其妙地大吼几声：喂！喂！听得到伐！然后终于松开她的手，跑到客厅里找电话。

“这里没有电话。”她带着哭腔说。

“个么我到楼下去打。到底打救护车还是打警察啊？”男人自顾唠叨着，慢慢走了出去，好像已经不着急了。

她只是摇头。男人叹了一声便下楼去了。

他把她留在黑暗里了。黄昏完全消失了。路灯亮了。她站在堆满旧物的客厅里，突然怕得不得了。她透着眼泪去看昏暗的房间里陈旧的家具、破了洞的沙发套，厨房里案板上完全化了的肉滴着血水，一把阔刃菜刀搭在水池边……她冲到自己住的房间，揪起床脚的旅行包，那是小情人帮她提上来的，里面只有两套轻薄的夏装。她突然记起自己是私奔出来的，是为了所谓的幸福和闯祸的刺激离家出走的。但旅行包竟然那么轻，仿佛所有打包带出的饱满情绪都已经蒸发了。

她拎着旅行袋，顺手把《基督山伯爵》也扔在包里，就这样奔出了门，奔出走廊，三步两步奔下楼，向弄堂口奔去，她已经很久没有这么奔跑过了，当她跑到行人稀疏的小街上时，突然觉得这才像私奔的字面意思。

老城区的小街很窄，远远地看到有辆手推车，堆着一些薄薄的木板。她奔啊奔，终于和小车迎面而立。就在即将过去的刹那，木板上突然冒出了又细又长的铁钉，仿佛无形中有和钉子数量等同的铁锤一起砸下，整齐得如同同时按下钢琴盖下的黑白键。有一颗钉子邪恶地扭过头来看她，还带一点含羞草那样的柔顺。她和手推车交叉而过的时候，钉子划破了她的手臂。

7

在黑暗里，她兀自抚摩着那道疤。

不远处，包袋被搜索，窸窸窣窣。

假如刚才他问她，你叫什么。

她愿意回答，我叫林秀珠。

8

在那条弄堂拆迁前，她回去看过。三年来，她时常胆战心惊地从那里过，有时想见到消失的小情人，有时只是想看看自己。没有一次遇到猥琐的男邻居和女邻居，倒是见过一群小男孩穿着校服往弄堂里走，有一个张牙舞爪，倒是很像楼下的那个小男孩。

她已大学毕业，找到了安稳工作，晚上就要和未来的丈夫、未来的未来的前夫去吃晚餐，再看电影。往事即将一笔勾销，就差确认那栋楼、那条巷被推倒的这一瞬间。她穿着千鸟格呢子大衣，抬起头，面前是一片废墟。

墙被推倒了，没有钢筋扭曲指向天空，只有碎砖烂瓦堆在地上。好些旧家具东倒西歪在废墟上，沉在夕阳光下，像一群断了线的傀儡。它们不像她，她还能奔回自己原有的生活。她的视线在废墟中的器物间一样一样游移，没有目的，也不想有目的。这就像盖棺前的最后一面，从此尘封。有一刹那，她似乎看到了那本旧相册，同样的猩红色灯芯绒面。再一看，却是一角窗帘，压在灰黑的砖下。她的嘴角便浮起一抹笑，像是安慰。

就在笑意没有褪去的时候，她见到了林阿婆。

她坐在离巷口不远的一间铺子里，背后是“跳楼价甩卖！”的手写标语，红色大字写在白床单上。林阿婆裹着一件不难看的老棉袄，坐在门口的夕阳里。好像晒了一天的太阳，还舍不得最后一点余光。手里捧着一只保温杯。

她当然是挣扎过，才终于走了上去。高跟鞋蹬、蹬、蹬，停在老太身边。老太抬头看一眼，笑笑，指了指条幅，说，“进去看！进去看！老合算的！”说完就垂下眼睛，继续盯着来来往往的车辆。

她弯下腰，突然觉得她比老太高很多。她喊了一声：“林阿婆？”

没反应。她有点熟悉那种表情。

再一字一字口齿清晰地问，“你是不是林秀珠？”

老太抬眼看了看，又笑了笑。却摇了摇头。

店里走出来一个精瘦的中年女人，满脸都写着精明。热络地招呼她说，进来看看吗？她走进去。店里都是床单、毛巾、小毛毯。她到底是长大了，不再容易惊慌失措。即便对着新的男朋友，也绝口不提曾有的莽撞。反正，人世间，有得是可以闪躲奔逃的方向。她仿佛不经意地问，“我跟门口的老太讲话，她也不回答我。她好像以前就住在这里的。”

店里的女人眼睛一亮，嘴角撇出鄙夷的神情，突然变得很亲昵，凑在她耳边说，“王老太啊，伊老早在这里摆馄饨铺的，后来脑子不行了，儿女就把这间店让出来了。这两年哦，啧啧啧，越来越不行了，糊里糊涂，天天到这里来上班，还以为是她自己的店。我们也不去管她，你不要理她。”又捂着嘴巴窃笑，声音压得更低，“你去问她叫什么，她每天回答得都不一样！老好白相的！阿芳啦，阿朱啦，随便讲的。连自己是谁都不知道了！再问她，你男人呢？你小孩呢？也总是说，他们就住在隔壁弄堂里呀，老头子身体不好，要她洗澡的。要是伊拉儿子听到，要骂死咧，啊呀，好白相死了……”

她的泪突然涌上来，突然恨死了眼前这个女人。她总得恨点什么吧。她想扬手给她一个巴掌，却又知道很莫名。所以就用手抓着一块毛巾毯，抓出褶子来，越看越像老头死的时候搭在腰间的那一条。就那样抓了一条又一条，像是在掂量值不值跳楼价。一言不发。

店里的女人见无趣，闪到一边去了。她渐渐才感到如释重负。过了好半天，她两手空空出门来，任由那女人在背后用眼睛白她。夕阳光快没了。很快，又要黑了。这个巷口的黑，她记得那么牢啊，在黑黑的窄巷里狂奔而逃，隐约有所不舍，被钉子划得鲜血淋漓。她流着泪，在老太面前蹲下，问一声，“想吃馄饨，还是葱油面？”老太笑了，说，“谢谢侬，过一歇阿拉儿子就要来接我的。明朝给你做馄饨。”说完又端详着她，好像认得她了。“交关辰光没看到侬咧，侬漂亮多了！”

她的泪不住地往下流。好像要流更多，再让老太来照顾她。抹去眼泪，就像抹去血。

她握住老太戴着绒线手套的手。“王阿婆，你要记得哦，你叫林秀珠。”

老太点点头。同意了。

大海微青

文 / 月山行

1

我醒来时，听见索索的细小声音，原来是树在风中摇动。抬眼一望，窗外秋色甚浓，桉树细细密密的叶子染了阳光，如此暖人。原来生命的颜色，不是巨大海浪下深暗的蓝，它这样暖，这样绿且光亮。

出了医院，路边有花店，我买了一束菊。从卫斯理大道坐车，向南部行驶二十分钟，还没打开车窗便闻见潮湿的海水气味。车子下了天桥，便渐渐看到不远处的阔叶林。下了车，看见棕榈树在风中摇摆，走过去，走进树下墓园。正是清晨，阳光中有淡淡雾气，穿过一座座陌生坟冢，我看见邵明。他的照片，还像第一次见到他那般鲜亮光彩，这样一张脸，真让人生恨。不过，我已经不再恨，一个死过的人，不会再有恨。

2

想当初，邵明喜欢唤我叫微青，不过这已是后话了。

我叫叶微青，想来因为母亲生我时正是春天。我今年二十五岁，刚刚研究生毕业，在学校学语言文学，来到这座城市，是我没有选择的结果。我手上的行李箱，同样没有选择。

下了的士，从那座镶嵌金乌的铁索桥过去，路上有树在开花。再往前走，穿过一段漆黑小巷，地上污水横流。我来到这座城市的伤口。满地的血污里竟有树在开花，污水之上散落着霉味的波千瓦房，筒子楼房陈旧发黑，暗处有灯，稀稀疏疏如夜里萤火。我突然不知往哪走，站在十字路口，抬头一望，只有一线歪扭的墨蓝天空。我摁亮手机，打了一个电话，半时通了，电话那头一个女子吼道："谁？"语气极不耐烦。我道："我是微青，我要租房。"

房主是一个中年女子，一束笔直马尾扎在脑后，与那肥胖身体极为不衬。我跟着，她领我走入一栋昏黑楼房，楼道传来噗噗声。黑暗中没有灯，她拿出手机摁亮，只见得一星蓝紫白光在前方晃荡。忽然有猫，嘶嘶地从脚旁穿过。原来是一个年老女子，没有提灯，倒是一头散乱银发在夜里发白发亮。黑暗里她说："这么亮，你们看不见吗？"喉咙里挤出两声鸦鸣，顿时凶猛地咳嗽起来，又老鼠般吱地笑了。此时，女子已打开一间门，道："你来。"一进屋，扑面一阵隐隐腐臭，或许有动物尸体在慢慢腐烂。身后啪的一声亮了灯，此时才看清。墙壁上水泥剥落，几张福禄寿贴画褪了色。一张木头小桌缺了脚，要用报纸垫。还有一张硬木长椅，一张木板床，拥挤不堪。我说："谢谢。"女子给我钥匙，拿走我手上的钱离开。我望着手里那把冰凉钥匙跌坐在床，长时间的舟车劳顿让我头昏脑胀，头顶小灯昏暗如不存在般。身旁一扇小窗，忽然起了风，窗外隐隐有索索的树叶摇动。下雨了。

我来到这座城市，住进一栋老人院。生活正式拉开帷幕，我想，这极冰冷巨大的城市，也许会让我起一种寻找或奋斗的念头，这是好的。窗外雨势稍大，我熄了灯，四下安静如坟冢，明天很快就要到来。

3

我是在经过那座铁索桥时看见这间酒店的，酒店门前立着牌子，在招服务生。我顺势走进去，大堂小姐招呼我，问了一些问题，我便被领着去取了制服。

从大堂穿过去，要上一段生锈的旋转铁梯，这是厨房的后门，此时已经可以听见厨房师傅炒菜的锅碗瓢盆声。面前已经有同样黑白色制服服务生来回，我一边疾走一边扣好最后一粒纽扣。还未等我抬头便见到一双皮鞋，尖得可怕，男子道："怎么现在才来？"我说："我是新来的，第一次上班，忘了时间。"他狠狠道："不要再有下次！"

我和陌生的同事排起长队，来到面前一面闪亮厨台。一个黑色圆托盘，啪的一声被放了一盘牛排，血汁还在迸射，我便端起来跟着前面的人，进入一间包厢。门一开，十几个中年男子肠肥肚满围坐一起，突然哗的一声大笑。他们有的抽烟，有的咳嗽，有的聊股票，有的吐痰，有的已经醉倒在地毡上。我踏过去，突然被那男子捉住小腿，我惊叫起来，男子大笑，我便一脚踩到男子脸上，他吃痛惨叫一声，我丢下手里的菜回到厨房，不愿再去。半时，又是那个尖皮鞋的经理来，叫我到大堂。一到大堂，方才那男子鼻上已贴了纱布。经理道："微青，快给王先生道歉，道了歉便没事了。"我道："是他非礼在先，为何我要道歉？"那王先生满脸疙瘩，登时走过来刮我一耳光，我一吃痛，惊吓中一脸火辣。此时一旁电梯叮地响起，踏出另一男子，那男子有一张无法分辨出年龄的脸，白得吓人，使我心里顿时忘了痛楚，只盯着他看。他也望着我，眼里有些疲惫，道："先到我办公室等我。"我被经理领着离开，只见他走向王先生处理后事。

我在办公室枯坐，良久他才来。我以为他会骂我，或许炒我鱿鱼，但他什么也不说，只坐在电脑前敲敲打打。不知在敲什么，时快时慢。哒，哒，哒，墙上挂钟静静走针，仿佛我并不存在。我捏捏自己的手指，只觉得莫名委屈，突然流了眼泪，泪水划入脸上一道口子，顿时疼了起来。此时他便走来，从西装里掏出一卷手帕来递给我。我举起手帕一擦，霎时白里便多了块变形虫般的红，还沿着丝帕探着触角，想必很难清除掉。一定是方才泪水一腌，那王先生刮的伤口又裂了。我又有些担心，该怎样处理这块手帕。这个年代还在用手帕的男人，真是少见。顿时我心里对他起了微小善意。

他说："我叫邵明，今天让你受怕了，抱歉。以后你要小心，酒店里的客人都这样。你叫什么名字？以前没见过你。"我说："我叫叶微青，刚来第一天。以前没做过服务生，我也不想这样。这个手帕，我洗了还给你。”他笑：“现在不早了，你先下班，手帕你留着，不用在意。”

走出酒店，夜色甚浓。昏黄街灯亮起，蒙蒙地起了雾气。大街上行人全无，只偶尔一辆车幽幽地开过。我在这雾中回家，夜风清冷。筒子楼灯火微明，小房间冰冷如坟冢。我开了灯，去厨房烧水洗澡，厕所在走廊另一头。我提着水桶又遇见那老人和猫，这次她不说话，只笑，笑着忽然咳嗽起来，吐一泡痰在墙角灰尘，我急速躲进卫生间拴好门。

热水很烫，我便将那染血的手帕置入水中，又打了肥皂，搓搓洗洗，还是剩一个血影子，淡淡地如我对邵明挥之不去的记忆。他的脸，双眼澄如一双亮钻，他看我的时候我忘记了脸上的疼。让我忘记疼痛的男人，都是好男人。我想我对邵明起了一种如大太阳底下吃一只冰激凌的甜美感觉。嗯，我除了这一间坟墓还有了一个爱恋对象，这真好。

4

这天晚上，和其他晚上没有什么不同。我走在下班的路上，刚刚踏过那段污水小巷，经过那棵无名花树时，邵明如猫一般扑出来，吓得我失声尖叫，半时才看清他的脸。他捂着肚子笑得前翻后仰，我却摸不着头脑。半时他笑累了方才道：“我已经跟踪你两天，你真是迟钝。叶微青，你看上去不像个迟钝的人。”我一想到邵明的身份，一时不便对他说什么严重的话，只有沉默，沉默。半时我说：“你也住这里？我不相信。”他笑说：“当然，我只是早早下了班，无事可做，经过大堂正好见你离开酒店，便跟着你走。我也不知道我想做什么，我只是有点无聊。”

我礼貌地邀请他到我住处小坐。他手上折了一支花，顺手放在我那摇晃不定的小木桌上，房间里霎时间有了冰凉的花香。我刚从厨房回来，手里端着一杯速溶咖啡，他便一把将我抱住，力道之大，咖啡洒了他一肩，我心里噔噔噔噔快要爆破，嘴里却道：“你的衣服脏了。”他的脸却越发贴着我的脖子，络腮胡挠着皮肤痒痒的。我闻到邵明身上的香烟味，这味道真像我父亲。他说：“以后我的衣裳都给你洗，好不好？”我顿时有种无以名状的忧愁，他便吻了我的唇。我想，这是一个有手帕的男人，我哭泣流泪的时候他会递给我手帕，我便答应了他。

翌晨，我在微蓝晨光中醒来，桌上花朵枯萎，邵明已经不见。我只隐隐感到后背微痛，在镜中看见轻微淡紫淤痕。厨房有一块煎蛋，好好地放在一张盘中央，他还用胡萝卜丁做一个笑脸。我独自坐在房中吃一只微温的煎蛋，墙上贴画褪色，桌子缺脚，窗外有风，绿叶索索摇动。这眼前所有证明邵明来过。我忽然觉得这就是烟火人间细水长流，我可以坐在这吃一只有胡萝卜笑脸的微温煎蛋，直到天长地久。我想，我真是爱邵明的。

我是从他们的眼神里发现的，他们发现了我的秘密。不过这也不再是什么秘密，因为邵明总喜欢来厨房找我聊天。起初我总是尴尬难言，以一种下级与上级的关系与他说话，机器人一般，他便不悦。旁人将这一切看在眼里，偶然对我使一个轻蔑眼色，想来他们在背地里说了我不少酸话。后来，干脆破罐子破摔，我便不以为意。邵明有时叫我到他办公室，我问他有何事，他便说想见我。我便陪着他，在办公室落地窗前看书，睡午觉。穿尖头皮鞋的经理也未再找我，一天便这样过去。我想，这样也好，我实在不适合做服务生，倒是觉得被人说闲话更无伤大雅。人就是这样，一走捷径麻雀变了凤凰，难免落得个不明不白的污名。但我想，我爱邵明，邵明爱我，这样就很好。

辞职后，每天在家中看书。读卡夫卡，读哲学，一本《存在与虚无》，看得我头昏眼花。于是我便坐地铁去城南看海，回来时经过中心广场，在夕阳里看喷泉。有小孩拿着棉花糖尖叫着跑过，鸽子成群。我喂完手上的面包便回家，邵明快要下班，我想做一个他爱吃的糖醋排骨。

没想晚上邵明回来时，已是午夜。他皱着眉，满脸通红，一身酸馊的酒气，想必喝了很多。邵明平时不是个爱喝酒的人，想必又有什么心事。我将他放倒在床，颠颠地去厨房给他煮一碗解酒汤，煮好了，我还给他吹着热气，一口口地喂他。待到凌晨三时，邵明终于睡了，打起微微的鼻鼾，我替他盖上被子。头顶小灯惨绿昏暗如并不存在，我便在这团微光里亲吻他的脸，顿时觉得自己真如一个妻子，这样爱一个男子如己。

我独自坐在厨房，望着一桌子冰凉的菜，还是假装无事人似的拿起筷子夹一块冰凉的糖醋排骨吃着，心里竟也不怪邵明。呵，叶微青啊叶微青。

5

我们搬到南部去，邵明听我的，在海边租下一处房子。房子很大，花园里种满玫瑰，玫瑰不断地开和谢，跌了一院子血红的花瓣，花瓣枯萎。我让邵明给我买了一台电脑，自日里我一人在房间读读写写，闲时便去花园除草，有时乘地铁去市中心买一大把百合。自从搬来南部，便总觉房子里极静，我时常怀疑这以前是一座坟场。邵明要去酒店上班，一去一回要花两个小时，我便时常都是一人，只有晚上才见得他。我将百合放在客厅，独自去厨房做点吃的。窗外一片深蓝，时而有风，棕榈树摇曳。日子如常。

这天晚上，电话铃声如鬼来电般将我惊醒，我才意识到自己已在沙发睡着。邵明还是没回，我便急急地去拿起听筒。果然是邵明。我正要问他，话还未出口，他便说今晚有事不回来。他说，“不回来了。”“不回来？为什么不回来？”“我不知道。”他说有一个重要会议，很急，便挂了电话。我今晚不回来了，听筒还在手上僵着，忙音阵阵。什么叫作我今晚不回来了，这样一句话，是第一次听见邵明对我说起。我忽然像被人告知什么生死令一般，当头敲了一棒。和邵明在一起多久了？想一想，刚好一周年。窗外棕榈摇动，月亮高悬，我才发觉自己还未开灯。是何时起，我已经适应这黑暗与静，像蝙蝠一样生活。耳旁有蚊，嘤嘤地咬着我，我方才察觉生命那一点微小鲜红的痛痒。我何时已经活成这样。

之后便很少有电话，甚至很少有理由，我便也很少去问。生命原本就是无解，从无解中走过，无需发问。我便渐渐习惯一个人，吃饭睡觉，坐车去教堂听钢琴演奏，很少说话。有时吃，有时只喝水，有时什么都不，不觉饿。我渐渐穿黑，衣柜里一排黑，同样款式，一样的黑色裙子和衣服，裙子很长，遮住脚。

不知过了多久，邵明突然回来，没有事前给我电话。他立在花园门前，见到我便迎过来。我捧着一束菊，菊在阳光下白得耀眼。他忽然有些不确定，盯着我，从头看到脚：“微青？”口气仿佛不再认得我。倒是邵明，总是那样，笔挺西装，清瘦如少年，一样的钻一般的眼睛，一样的白得吓人的脸。我说：“你怎么回来？”他道：“我没有钥匙，一直等你。”我走过花园，在花盆底下掏出钥匙。原来邵明已经忘记钥匙的位置。忘记钥匙，就是忘记这个家，也许从来就不是家，只是他养我的笼。我会突然觉得自己是一只鸟了，以为主人爱我，飞出去还会再飞回来。

我开了门，让邵明进去，我说请进，我竟然说请进，请的意思是，我和你不再是什么亲密的关系。我被自己吓一跳，急急地跑去客厅将怀里的菊放入花瓶。邵明在身后脸色阴沉，一时间竟只有沉默。邵明看看这看看那，仿佛真是头一回来，他竟把自己当作客人，虽然他没有意识到这一点。良久，他兀自走入厨房，竟在冰箱里翻出一瓶酒，又兀自回到沙发上喝着。我已经忘记那瓶酒的存在，那是什么时候放在冰箱里的，独属于邵明的，酒。原来邵明已经喜欢喝酒，邵明还是我记忆中那个邵明吗？我便坐在那一束菊前，看着邵明喝。

不知过去几时，天色渐暗，窗外棕榈树不再摇动，风停止。夕阳红如血，印着落地窗棂斜斜地照在地板上，桌上，然后是菊，最后爬上我的脸。我在如血的明亮中，隐隐有菊香，邵明在暗中，喝着酒，没有对话，仿佛彼此并不存在。

这时他兴许喝高了，竟在沙发上嘤嘤地抽泣，低着脸，像个孩子痛失玩具。他在暗中说：“他让我回去结婚，我不愿意，他便不让我继续管理酒店。”我看着他，没有问，是不是因为有我。他不说，我也明白。我说：“你或许已经忘记我的电话，你从来不给我一个电话。”他听我说完，登时走过来给我一记耳光，连带桌上的菊一并扫落在地，水晶花瓶哗地摔了一地，我顿时吃了一惊，不为别的，只为这脸上的火辣。是了是了，眼前满身酒馊气的男子还是邵明吗？或许又是那间酒店，那个王先生。我已经有点分不清楚。邵明竟然打我，他打了我，是真的。

翌日天光大亮，我看一眼手表，已近中午，只觉身体极为沉重，还是起来收拾残局。经过客厅时，地上碎片已经不见，桌上一束冰冷百合盛放，竟放在一个完好的水晶花瓶里，我有些怀疑自己是否出现幻觉，但那是百合，不是菊。百年好合，邵明还记得我喜欢百合，百年好合，他来过。

6

时间静止的时候，有时什么都听不见，有时更吵闹。

我坐在厨房桌前，听着头脑里的指示，开始写一张计划表。每天六时半起床跑步，只吃早餐和午餐，全天素食。如果早晨要去教堂，傍晚再跑步。其他时间，继续看书，继续写。虽然有时落得写些桃色文章，也不觉得有什么违背自己意愿。这是我的生活。我在想，或许需要一份正式点的工作，去教会怎样？我才二十几岁，看上去像个老太太，时常一脸严肃，很少说话，沉默，如身上款式一成不变的黑衣黑裙。这实在不适合再回去职场。但我觉得必须要做一些什么，只需要静静地活着，蝙蝠一般游走于这人世的静与暗中，未尝不会有一片自己的小小天地。所以我看，我写。这样，我就很满足。不用担心自己疯掉。这时我便遇见杰克周。

早晨去公园跑步，天色还未大亮，一只大灯便在远处闪烁，渐渐地，愈来愈近，近到我以为会撞在自己身上，我便怪叫一声。灯停下来，原来是个人，穿了一身荧光运动衣。这颜色真是造作。男子停在我身前，喘着大气，我闻见一身混着浓浓香水的汗味，他道："小姐，还好吧。"顺手递过来一瓶水。我看着水，想，会把自己喝过的水递给陌生女子的男人，都不会是好男人。我便道："谢谢，我不想喝水。"

结束晨跑，天色大亮，我在公园门口一间小店喝粥，已经有上班族出现，这时便又看见他。他走过来与我亲近，我才看清男子脸，像日本人，年纪似乎三十上下，到脖子的中发从中间梳开，露出一双锋利的单眼皮眼睛，他笑道："又遇见你了。"我一时起了一种好奇心理，说："你是日本人吗？"他便递给我名片，我一看，果然。但我不喜欢他的日本名字，便叫他的英文名，杰克周。后来他说他母亲姓周，是个中国人。

这么会搭讪的男人，一定也干净不了，我想，但只要是男人，区别或许都不会太大。这时我便想起邵明，隐约觉得，那已经是很久远的一个陌生男人了，我们有过什么交集呢？那时候我曾以为自己会成为一个妻，学习烹饪，照顾丈夫和孩子。那或许只是我的幻觉。

周五夜里有大风，院中的棕榈被吹断跌在屋顶上，啪地将我惊醒。我再也睡不着，翻看手机，有一封未读信息，点开一看，是杰克周。他说，要不要去西班牙看斗牛。我望着桌上枯萎的百合，一旁是杰克周送来的玫瑰，在暗中盛放如血。我望着望着，天光微蓝，有鸟声从窗边划过，倏地一窗映满红光，天空在燃烧，今天是个好天气。我登时心情很好，便拿起手机给杰克周发一条短信，说："我们今天就出发。"

7

请不要说什么改变，也不要说我可以做到。出生，结合，死亡。没有什么不同。内里腐烂的苹果，看上去一样美味；根茎生虫的花朵，看上去也一样美丽。

在三万英尺的高空，云朵洁白如兔。在明亮的阳光中，我梦见母亲。

好像是在春天，不知道为何要回家，走了很远很远的路，途中大雨，越靠近家路愈湿滑泥泞。我独自一人在泥泞中艰难行走，一身湿透，心里却极高兴。也许有什么好的在等我，一点不觉累。不知又走了多久，下过雨的天空沉静而爽朗，远远便望见母亲站在家门那座小山下一株菩提树树荫里等我。树极大而茂盛，亭亭如盖。她提着一双雨鞋，忙过来替我换上。

母亲身体那样小，人老后仿佛一只失去水分的果实，爬满皱纹。我跟着母亲走在迂回山路上，一路竟有一株株高大泡桐开出一树树紫紫白白的花，太阳一晒，啪哒啪哒在落，一路都有花香跟随。但她走得却极快，仿佛脚下有风。我有些跟不上她，慌忙叫："妈妈，你慢一些。"她又似耳疾发作，听不见我。我又叫："妈妈，妈妈。"在这开满花朵深浓绿紫的春天里，我母亲听不见我了。我便有些急，看她已经隐没在一颗大岩石的转角，我追过去，却不见人。前方空空荡荡的迂回小路，不知通向哪里。我知道自己找不到回家的路了，便顿时像和母亲走散的小孩子一般大哭起来。

我隐隐听得有人叫我，一醒来，杰克周在推我肩膀。我睁着眼睛盯着他，原来不是母亲。他问："做噩梦了吗？"我只觉得满脸冰冷，原来流了眼泪。我说："有些晕机，肚痛。我一晕机便肚痛。"他半信半疑，望望我，嘴张一张，好像有话。我止住，道："等我再睡一睡便好，不用担心。"话一落口，我将脸转过去面向窗外，霎时间察觉到我说了担心。我已经觉得杰克周会担心，那一定是我意志不够坚定。面对这个递给我自己喝过的水的男人，我收下了他的花，这时常让我无话可说。我会渐渐觉得他是个好男人吗？

8

抵达马德里时正是上午，伊比利亚半岛阳光如火燃烧，我们叫了车赶去斗牛场，我只是很迫切地想看到这场表演。年幼时在电视中看见斗牛，穿华丽斗牛服的斗牛士和公牛在尘土飞扬中追逐着，不太明白他们为什么追。牛很惨，流了一地的血，背上花镖刺入肉中，它已经不能站立，趴在地上等待。男子用一把利剑，嚓地刺入它的心脏，整把剑身没入牛体内。在死去前，他看着它的眼睛，看着它死。其后割下牛耳牛尾，人们欢呼。这真是一件诡异的事情，我看着，很多血，很多欢呼，我无法理解。

在斗牛场的广场上，杰克周忽然托住我的手，温柔地为我戴上遮阳帽。我从人群中回过头来，望见他的脸。他竟然托住我的手，我微微吃惊，竟觉得我们和这世间任何一对情人一样，会有甜蜜的拥抱与争吵。但这是他第一次，如此接近，却只牵了我的手。我想，他或许真是个好男人，我误会了他。

斗牛场很大，像一只大碗，装满了人。不久，斗牛士出场，绕着场地走着，敬礼，号角吹响，宣告表演开始。公牛从栏中冲出时，观众欢呼，吹口哨的，拍掌的，整座斗牛场嗡嗡作响如蜂巢。三个助手跑上去引逗着，牛追着，他们跑到场边护栏里躲起来，真是场实在的玩弄。旁边一个肚满肠肥的中年男子，大吼大叫，不知说着什么，双手挥扬，情绪激动。我突然起了一种看杀人游戏的错觉，那牛皮下兴许躲着个人，还是个女子。牛真像个恋爱中的女子，因为这横冲直撞与蛮横无理。而斗牛士便是那男子了，他摆明了在欺骗，在炫耀，在用红布蒙住女子的眼，在爱与纠缠中相互杀着，看谁先死。男子当然以为牛会先死，但时常被撞得个肚破肠流。要么牛死，看热闹的欢呼，因为这场玩弄的胜利。也或许最终同归于尽。人们都喜欢看戏，却不明白戏如人生。总之，最后谁都逃不掉。

转眼，牛背上已被助手们扎满花镖，斗牛士与牛来回周旋，烈日当空，斗牛士服在阳光下闪闪发光。血红斗篷飞扬，牛一次次冲向斗牛士，但每一次都以失败告终。它好累，好痛，时不时站在那里不动，与斗牛士对视。它或许不明白，在思考那块红的存在。花镖刺得好深，血水一路挥洒。这痛让它愤怒，于是再一次冲过去，尘土飞扬，观众在烈日中欢呼。我忽然想到将死者拥有过的快乐人生。如公牛在成为斗牛前，还未见到过斗牛场与死亡斗篷。

原来恋爱，无非是一场斗牛表演，只是谁是斗牛士，谁是公牛罢了。没有斗过的，都想着美好爱情，斗过的，才知道这是一场披着糖衣炮弹的自杀游戏。

这时突然砰的一声闷响，牛倒下死了，群情激奋。杰克周也站起来，鼓掌欢呼的那一刻，我突然喉头有话，想问他水放在了哪里，但察觉他早已经忘记我的存在。这样，我张了张嘴，又干巴巴地闭上，只静静望着他，那一刻忽然明白，原来没有什么不同。我转过脸去起身离开，他也没发觉我已经不在。我在人丛中望了最后一眼，见他还在鼓掌欢呼，忘乎所以，想必能专程飞到这里看一场斗牛表演，并非是说一说，玩一玩。我想我会很快忘记这个男子的背影。生命中的人一个个消失，我便忽然极其想念母亲。我掏出电话想拨一个电话，但通了却无人接听。想必母亲的耳疾越发严重，我便决定回家看望。

在去往机场的路途中，天空燃起大片火烧云。抵达机场查看邮箱，看见杰克周的电邮。他写了很多，密密麻麻的字，我却觉得难以再看，索性便不再看。只回一个短消息，说不必再联络，即刻删掉电邮。

飞机再次起飞时，天色渐暗，进入平流层后，我便回想起童年时的景象。

母亲生于上世纪五十年代，家中无米是常事，还是吃大锅饭的年代。家中三个孩子，她，哥哥，妹妹。不过后来妹妹被溺死，因为养不起。

那时我方才八九岁，站在房前那棵祖奶奶种下的老桃树下。春日迟迟，天寒地冻，但那天天气极好，有蜂蜜一般黄的温暖阳光。桃花嘭地开了一树，铺天盖地，盖着小泥人似的我。黄头发，细小幼弱的身子，头却极大，看得见光亮的头骨，整个人木鱼一般上大下小。我坐在桃树上荡着，权当是在荡秋千了，一边吃着从碗柜里偷来的鸡蛋。父亲晚上回来，便问，是否偷吃，我便闭口不言。这个男子，虽干瘦发黄，但走路飞快，劳苦一天，却仍有极大的力气和声气。我跑，他便追，我们绕着田埂跑着，不休不止地跑。他始终没老，正值壮年，我很快便被捉着，被他一把拎起来，狠狠一巴掌掴在我脸上。登时我便耳鸣晕眩，只觉得看不清眼前的脸，他还骂着，音容是那样模糊。即刻我便跌入水田里，春寒料峭，田水冰凉刺骨，混着稀泥糊了我一身。我揩着脸上的污泥，登时吓得大哭起来，觉得他要杀我，将我溺死在水田里。我便疯跑着，跑入田边树林中，不知跑了多久，不见他再追来。夜幕降临时依旧不敢回家，突然思念爷爷，便去后山坟地里挨着他的坟墓睡了一晚，半夜昏昏沉沉中察觉有蛇，从肚子上爬过。挨到天亮，听见母亲唤我，方才回家。

下了飞机换乘巴士，车子渐渐远离城市，大片青翠闯入视线。正是炎夏，一路有蝉鸣。偶尔邂逅池塘和湖泊，有大片清香荷塘与稻田，空气里漂浮着浓郁芳香。巴士乘客渐渐稀少，新上的乘客多为当地农人，提着时令的瓜果菜蔬，或许是去看望亲人。

下了车，沿着那座小山走，路口那棵菩提树依旧亭亭如盖，极高大粗壮，如梦。山路旁长满泡桐，但已不是春天，只有几条枝头零星还开着花，眼望所及都是翠绿。下了小山，穿过香樟和竹林，抵达家门口时，看见母亲正在自留地里择菜。见我回来，忙过来提走手上几袋行李与食物，她不知道我要回来，异常惊喜。母亲的确老了好些，因为这老，我时常不敢回家，不敢看她的脸。人老后眼睛愈发地澄亮，透着慈悲，而我还是个欲望深重的年轻女子，被感情折磨得灰头土脸，这让我在母亲面前始终抬不起头来。此时家中大狗跑来，亲热地闻闻我，我只好蹲下去摸着狗，半时不知对她说什么才好。

傍晚天空清澈，有稠密的阳光，我在院中凉椅上看我那永远看不完的《存在与虚无》。水缸旁长满一丛丛凤仙与百枝莲，花朵大如碗口，烈如血，却有清凉的芳香。母亲一个人在厨房忙碌，进进出出，不让我帮忙。在她面前，我永远都是孩子，什么都不会做，笨手笨脚。我们把桌子搬到院中葡萄架下，她做一大桌我爱吃的菜，我与她对坐，细细密密说着话，吃着菜，每一口都很感动。她忽然又去厨房端来最后一道菜，糖醋排骨，我一见着，忽如回光返照，想起邵明来。我曾经为邵明做过这道菜，我记得，最后我坐在桌前盯着冰凉的排骨，一个个吃精光。我从母亲那里得到的爱，我给了邵明，但这爱，却被自己生生吞下。我忽然流了眼泪，母亲看着我，只是微微发笑。我一直觉得自己被爱得不够，活在父亲的阴影中度过整个少年时期，心中有一块永久性的缺口，因此对她亦有过极深的怨怼。但我现在已经明白，她不过也是个无能为力的弱女子。她也在煎熬中，被烈焰灼伤，踩过刀山火海，这一生已然不易。

9

整个夏天都在家，和母亲在一起。一起去森林里的小溪采蕨菜，晚上做成美味调料，淋在炸好的油团子上吃，很美味。也去割韭菜，她亲手种的，和她一起做韭菜盒子。美食可以治愈，吃下去，胃里妥帖。渐渐，曾经那种残兵归乡的挫败感已然不在，而有归隐田园的人间烟火味。

入秋后有些失眠。凌晨天光微蓝，听见母亲起床，厨房传来噼噼颇颇家什声响。打水声，刷锅声，院子里的脚步声，狗经过窗外的喘气声，来来回回。半时，便有食香。油条豆浆酥肉，肉丸腐乳蒸糕，每一样都有每一样的香气。日日如此。我在这香气中似醒似睡，不知道是眼泪还是寒风，脸很冷。因为想起父亲，仿佛自己还是个孩子，那么细弱发黄，拿着一颗母亲煮的白煮蛋，站在家门口那株桃树下。春天桃树开了一树粉粉红红的花，我在花里吃一只白煮蛋。父亲赶集回来，见到我便递给我一只微温的油饼。但后来他打我，离开，不知去向。我不问，因为我知道生命无可问询。

那夜忽然觉得冷，起来拉开窗户，赫然看见鹅毛般大雪。在深冬黎明微蓝的晨光中，我被四下寂静的大雪包围。原来已经是下雪的季节，但院子里还绿，原来母亲种了好多万年青和竹，一年四季永远很绿，这绿让我忘记时间，忘记生命。

白日里在院中枯坐，看见雪地一片羽毛，伸脚拨开，赫然一只被冻死的家燕。只有一只爪，另一只生生断了，不知去向。我自身后摘下一朵向日葵，瓜子已经成熟，被鸟啄去一半，还有密密的种子。我一颗颗吃着，想象花朵盛开，想，或许需要一份工作。我已经停止一切事情，没有经济来源。母亲那么老，她总担心我一直这样下去，担心得强打精神，走路飞快，不敢死。于是我想过阳光生活，像向日葵一般拥抱明亮的美好将来。

那日傍晚，我与母亲在桌上吃着一盘豆腐乳，我说我要走了，她只说，多吃点豆腐乳，你爱吃。是夜，我收拾好行李独自离开，包里装着向日葵种子。一路有索索的声音跟随，下了小山时，我回头，望见那棵大树下细细小小的影子。我望一望，走一走，再望一望，然后转身离开。

10

翌晨，天空蓝紫无云，我回到海边的房子。经过玫瑰园时看见有影子移动，是一只黑色大猫，有猫就会有人。我一样从花盆下找到钥匙，一样推开门，空气中有冰冷花香，走过客厅时，有尘，我看见鞋印，但只一只，另一只是一个点。桌上一束百合，好端端插在盛满清水的水晶花瓶里。我走过去，将一束向日葵放在一旁。

傍晚我想给自己做一只煎蛋，但我做好了盛在盘子里，端端正正坐在厨房桌前望着盘中央一只微温的煎蛋，却突然袭来一阵奇怪感觉，让我食不下咽。不知如何是好，竟然发起呆来，窗外天色还被霞光照得光亮，这时有人敲门，很慢地，砰，砰，砰。我一边想着，一边走去开门，一打开便见到他。一点不吃惊，即便看见他的腿，从膝盖以下都被拿走。只是无端端想起雪地里死去的独脚鸟，它到底带着这样一只残破的躯体活过几个春天。然后死。死的时候是否可以忘记自己的脚，忘记痛。我亦不再问，没有话，只是觉得邵明脸很瘦很小，眼很灰，老了好些。我暗自想了一想，我们有多久没有再见，仿如轮回转世的久远。我看着他杵着拐杖走向沙发，只门口到沙发的距离，也如此煎熬，每走一步，需要停下，再走，再停下。如此艰难，缺了肉体的灵魂不再自由。我将煎蛋端在他面前，然后离开。

凌晨三时，我听见客厅有声。嗒，嗒，嗒，停下。嗒，嗒，嗒，来来去去，远远近近，犹犹豫豫，不知邵明在做什么。只觉得金属拐杖敲击在心，让我难以安睡。我真是没出息。

翌晨天还沉黑，我便起来煮食，油条豆浆酥肉，肉丸腐乳蒸糕。我在一盘盘食物与食物之间，香气与香气之间，忘记了自己。我还会忽然觉得我是一个母亲一个妻。这真傻。我知道这些不过是幻觉。

做好食物，一盘盘摆好在桌，我便出门跑步。公园清冷，只我一人，黑鸟一样飞来飞去又飞走。我一样回去洗澡睡觉，照旧在路上花店买一把向日葵。每天给花换水，新鲜的花瓣绽放让我觉得会有好时光。我开始工作，在报纸上写小说和广告，做些网络兼职。白天我在房间里敲敲打打，定时给邵明做饭，但总是没话。日子如常，我们承受静默。

那天拿到钱，我特意给他买了一辆轮椅，一回来看见厨房摔了一地的盘子和煎蛋。邵明正杵着拐杖一点点弯下腰去拾着，见我杵在门口，一时间尴尬得不敢再看我。我赶忙过去扶他，其间又见着砧板上的胡萝卜丁，桌上还有一只完好的煎蛋，好好地摆在盘中央，上面还用胡萝卜做了笑脸。我望着这只微温的煎蛋良久，拿起餐刀切成两半，夹起一半喂给邵明，我说："我们结婚吧。"

爱，究竟什么是爱，究竟应该怎样去做，才能够完整而快乐，没有缺失没有揪斗和残杀。但或许，完整也只是一种幻觉。

那天在民政局领了证，我穿上邵明初识我时送我的一件白色连身裙，裙子压在箱子里很久，些许发黄，但穿着依旧好看。我一路推着他回家，两个人说着话，好像要把之前沉默怨怼中缺席的话都补上。

"早上起床的时候还是会忘记自己的脚，以为它还在，以为还可以一步便跨到椅子前拿起西装和领带。时常会因此摔在床前地板上。"他竟然说得哈哈大笑。他这一笑，竟让我起了一种爱的错觉。但他总不说怎么失去这一只脚。

我们都不想做什么婚礼仪式，只是给母亲打了个电话，让她来家里吃一顿饭。傍晚我和母亲便去市场买回大包食材，翌晨一早我们便在厨房忙碌。我开玩笑说，将来也许可以开一家餐馆，因为越来越喜欢做菜。以前不会做，一日三餐只吃外卖，顶无趣，再说，现在邵明也需要我。做食让人快乐。邵明在一旁陪我们说着话，偶尔递一个蒜。他已经很会掌握轮椅，来来回回，也行动自如，这自如渐渐让我习惯，并接受。有时心里起一种怪念头，觉得这样，也未尝不好，邵明缺了一只脚，他便可以整天留在我身旁，留在这房子里，留在我小小的心里，我随时都可以看见他的人。他在院子里浇花，他在客厅逗猫玩耍，他在看电视，他从外面回来带一把百合插在水晶花瓶里。他在花与猫的陪伴中渐渐发胖，他在电视机扑闪扑闪的蓝光里慢慢老去。而我总在厨房做食，在食物与食物的香气之间时不时望望他。我便时常觉得，这日子真是好。

那天他三十三岁生日，早晨阳光很好，已是秋末冬初，院子里落了厚厚落叶。我们吃过早餐，我推他去海边散步。经过海边草地时有成片雏菊在开，他突然从轮椅上站起来，一跳一跳地去给我采来要戴在我头发上，那一刻我望着他的眼睛，那样深而灰，藏着什么不可说。我说："我给你定做了义肢，明天去店里装上。你以后都可以自由走路，想去哪里都可以。"他重又坐回轮椅，背对着我淡淡地道："好，谢谢你，有心了。"

这一声谢谢，突然震得我心里起了深深的愧疚感觉，那样我便更以为，是因为我。如果我没有离开，他或许不会失去那一只脚。他也许对我有恨，恨我这样完整。我心里突然小小地委屈起来，便说：“我回去拿条围巾，天这样冷，不要感冒，你等我。”但我不过是去躲避这尴尬，我们之间，在完整与缺失之间，在爱与不爱之间，在离开与重聚之间，在伤害与亏欠之间，总有何其多的尴尬。

回海边的路上，天色忽然暗沉，隐隐间下起毛毛细雨，又起了大风，我加快脚步。其实我已经在想、在感觉，所以我加快了脚步。回到开满雏菊的小路，邵明已经不见。我沿着路找他，一直找到沙滩。沙滩上空无一人。又走好久，便看见一台轮椅，但轮椅上没有了人。我走近它，摸着它光滑的椅背，仿佛还有邵明淡淡的微暖体温。海风大作，天空闪了雷电，海浪高高卷起，泡沫拍在我的鞋背，这冰凉的感觉，惊了我的心。

我的心，会怀念一只有胡萝卜笑脸的微温煎蛋吗？我会怀念一个缺脚男子，他的拐杖半夜敲击在地板上嗒嗒作响，让我难以入眠吗？我会怀念有轮椅痕迹的房子，有食香的厨房吗？我多想问一问，问一问爱，问一问为什么。但眼前只有大海，海浪这样高，这样冷，我无法再问。生命就是这样，发生了，就无法追问。

啊！糟糕的日子

文 / 重木

1

贝克被刺伤的那天是星期五，他刚从南京回来两天。辞掉工作再回到这里，他原本打算用最短的时间来考虑自己接下来到底该做些什么，是在这里找份工作，还是真的就开始着手写小说？这两个选择都让他十分不安，因为无论是哪一个选择，对他来说，似乎最终都会不可控制地滑向失败的结局。这些消极的念头一直盘旋在他脑海里，折磨和恐吓着他。

昨晚和之前的许多个夜晚一样，依旧失眠。他就坐在床边，看着空空荡荡的卧室，心里和头脑中什么都没想。在这样可怖的清醒中，他被自己折磨着。医生并不建议他吃安眠药，但却给了一些在贝克看来愚蠢透顶的建议。他总觉得自己去找的那个医生身上有一股大蒜味，说话时候满脸惹人反感的神情。他就这样睁着眼睛坐到天亮，有时候会睡一会儿，但总是紧随着不安的梦匆匆就醒了，而一看手机上的时间，连两小时都不到。

星期五早晨他就在这样清醒和混沌中吃完简单的早餐，然后坐在狭小客厅的沙发里看对面墙上挂的一幅画。那是他两年前在一家三流的商店里买到的，有些后现代主义风格。血红的人在纯蓝色的背景中举着双手。贝克一直觉得这幅画画的就是这个，苏珊却觉得那只是一朵花而已。他在昨天一回来就打电话给苏珊，但没人接听。他就听着电话里冷淡的女声讲完，然后用英语又说了一遍，直到话筒中传来单调的“滴滴”声，他才挂了电话。其实他也不知道如果苏珊接电话了，自己该说些什么。

整个上午他都坐在客厅里，中途去了趟厕所，到厨房倒了杯水，然后依旧坐在沙发里，发呆和无所事事。他还不想出去，虽然是五月中旬，但天气已经很热了。他并未意识到自己此刻的所作所为，他的头脑清醒，但由于失眠，使得这样的清醒中增加了许多重量。有很多时候，他都感觉到自己的脖子上被挂着两只铅球，使他无法直起脖子，只能垂下去。在他意识到的时候，他希望这是睡意来临的征兆，但最终却总是无法入眠。即使眼睛都已经闭起来了，一个小时后，他依旧知道自己还醒着。这样可怕的现实让他几次感到崩溃，精神像行星坍圮般向中心收缩，最后变成那个密度超高却完全没有任何质量的可怕黑洞。

他对医生说，自己有时候感觉就好像是在黑洞中。

那一天，在几次这样的反复后，最终在临近中午时他得到了一些睡眠，虽然并不安稳，但对他而言已经是一种恩赐了。他想起在南京父母家里睡不着时看的那本小说，村上春树的《眠》，他担心自己会变成书中的那个七天七夜无法睡觉的女人。于是他吃很多的安眠药，而在第二天他就错过了父亲的葬礼，没能再见他最后一面。母亲一直咬定责任都在贝克自己，但是贝克反复强调自己在晚上睡觉前就嘱托母亲，让她在明天早上喊自己一下。因为他担心安眠药效力太强而起不来，错过第二天的葬礼，但结果他还是因为安眠药吃得太多而错过父亲葬礼。母亲对此事一直耿耿于怀，直到他离开南京的前一天她还在朋友面前提起，让贝克觉得难堪。

在之后的许多天里，贝克满脑子都是自己错过父亲葬礼的事情。而之前由于始终难以相信父亲已经去世这个事实依旧还氤氲在脑海中，结果这两个念头开始纠缠混合在一起，最后使得贝克无法分清。那是一种他从未有过的糟糕感觉，就好像一种对于父亲的背叛。他觉得父亲会对自己感到失望，想到这些让他原本沉重的脑袋不堪重负。

在接到母亲电话的时候，他始终无法相信。父亲在二月刚过六十六岁生日。在生日宴席上，他谈笑风生，神采奕奕，怎么也不可能会在两个半月后突然逝世。医生的解释是出门跌倒，促发脑血栓。而在这之前贝克从未听说过父亲患有脑血栓。当他问母亲的时候，她坐在餐桌旁，一边抹眼泪一边不停地说，他从来没和我说过！从来没和我说过！都瞒着我！

贝克不想面对母亲的眼泪，于是他就到客厅里坐着，点了根烟。他完全无法接受父亲离开了的现实，并不是出远门还会在之后的某天如期赶回来，而是永远都不可能再回来的一趟旅程。以后再也见不到父亲，不能再和他说话，不能再看到他笑容这样的现实，让贝克的双手不停颤抖，夹在嘴唇间的烟也落在地上。他想哭，但是里面的母亲已经哭得稀里糊涂了，他不想和她一样。

接到母亲电话的时候他正在看一个搞笑的娱乐节目。每当他察觉到自己脑海中有一片阴影的时候，他就会找些这样能惹自己发笑的节目来转移注意力，忽视那一团阴翳，待它自然地消失。母亲在电话里已经哭得不成样子，一开始贝克并没听清她在说什么。母亲有些生气，大声且尖锐地说："你爸出事了！你爸去世了！"

贝克不知道为什么母亲会先说"你爸出事了"，而不是直接就说"你爸去世了"？是不是因为她担心儿子会一时难以接受，还是因为她在用这样的一种方式来说服自己接受这个事实？"出事了""去世了"，虽然在母亲哭腔下说出来好像差不多，但当贝克最终听清楚后者的时候，他感到耳朵里一阵轰鸣，而外界一片寂静。这是他当时最大也是最真实的感觉，当他听到父亲"去世了"，他就被定在那一刹那，而那一刹那于他来说一切都是凝固的。

母亲焦急不安地等着他能说些什么，但他却一句话都说不出来，好像猫叼走了他的舌头。

见到父亲时他已经躺在家里的床上，穿着他平日喜欢的那一种灰色上衣和牛仔裤。除了脸色苍白，其他的一切都和往常一样，就像是睡着了，而不是那可怕的死亡。贝克坐在床边，握着父亲冰冷的手。他虽然想哭，但始终没有任何泪水。这也是他母亲指责他的另外一点，在父亲的整个丧礼举办期间，他一滴眼泪都没有。并不是他不伤心或悲痛，也并非他不想哭，只是他没有眼泪，始终都没有。

他觉得自己的眼睛好像早已经干涸，并且是再也不可能有泪水的湖泊。他不知道自己为什么失去了眼泪。有那么一段时间，他一直觉得是因为自己总是失眠，没有足够的睡眠而导致了眼泪的流失。他没对任何人说这件事，虽然他知道母亲心里一直很生气，但依旧懒得向她解释。一直以来都是如此，他们之间始终缺少那一种亲密的沟通，无论是他上学时的同学还是上班后遇到的其他人，每当他们说起自己和自己的母亲是多么亲密时，贝克都没有那样的感觉。他不知道为什么，但事实如此，或许也正因为事实才如此。

父亲的整个葬礼都是母亲在大伯帮助下办完的。贝克对此一无所知，像只无头苍蝇般站在一群哭哭啼啼的人中，被推搡、拉着去往一个个地方。大伯告诉他向前来参加葬礼的亲戚鞠躬。那些时候，他希望这一切都能赶快结束。那些许久没有联系，拿着面纸假装擦泪的亲戚都赶快离开。所有人都回到他们普通无聊的生活中去，而父亲只属于他一个人。他和父亲自始至终都很亲密，但他的那些同学却无法理解。他知道自己和父母的关系与其他人不同，对此他从未尝试着去隐藏，但也始终秘而不宣。

贝克整夜整夜地无法入眠，待在童年时的卧室里。他觉得母亲还在客厅里哭，让他心烦意乱。他把窗户打开，希望夜风能吹走氤氲在自己脑海里的那些好似迷雾般使他时常产生晕眩的东西。他像读初中时那样，坐在窗台上吸烟。那会儿几次被母亲抓到，但都是父亲为他说情，使他免受一顿教训。他打算辞掉工作，彻底地离开南京。

他从未像当下这样急切地希望能离开南京。他曾在另外一座城市生活了两年，但最终因为工作的原因又回到南京。他在距离父母不远的地方租了房子（虽然母亲一直坚持要他住在家里，但贝克希望自己能一人住），经常在周末到父亲这边，陪他下下棋或到公园里散步。父亲问他工作上的事情，给他讲一些需要在工作场合和人际交往中注意的事情。父亲是个注重人际关系的人，虽然他始终都知道自己儿子性格的孤僻和不合群，但依旧不时地提醒他，在一些地方需要注意。中国人的关系错综复杂，好似杂交而长势惊人的藤蔓植物，一旦不小心出现某些纰漏，对他以后无论是在工作还是生活上都会有很大影响。

“对前者的影响会更大！”父亲说。

贝克一直也都意识到自己于人际交往上的缺陷，但他也始终觉得自己并不需要像公司中一些人那样对老板殷勤谄媚。他厌恶那样的人。儿子的这种性格父亲始终看在眼里。

母亲打开他的门，他问有什么事？

母亲说，明天去火葬场是在上午九点半。

贝克点点头。

母亲的目光习惯性地落到贝克拿烟的手上，但她并未像以前那样说些什么，只是关上门离开了。

苏珊在知道这个消息的第一时间就打来了电话。贝克很感谢她。他像抓到了一根救命稻草般，滔滔不绝地和她说着这些天里的事情，自己的悲伤和见到父亲时的那种震撼。在平日里他不会说那么多的话，即使面对苏珊。

和苏珊相识已经快三年了，他们一直都是很好的朋友。苏珊在很多方面都是贝克所喜欢和欣赏的。例如独立，例如有学识和善良的心，例如不会有当下一些女人的虚荣和矫情。他的父亲曾见过苏珊两次，并问儿子为什么不追求她呢？既然她在许多方面都符合你的要求！

“不要乱讲了，苏珊有男朋友。”他说。

“已经订婚了？”

“刚交上，怎么可能就订婚了！你问这些做什么？”

“既然还没订婚，你就还有机会。”

“这就是你这个大学教授教儿子做的事情？”

父亲哈哈地笑着，贝克总能记住父亲爽朗而洪亮的笑声。

他们第二次再谈论起这个话题的时候，是一个周末傍晚。他陪着父亲在公园散步，那时候贝克刚和公司一个 24 岁的女生分手。他并未完全地把这件事情告诉父亲，只是说自己和一个交往了一个月的女人分手了。父亲出人意料地问，是因为苏珊？

贝克都不知道该如何回答他。只是觉得好笑，父亲还记得苏珊。

“因为什么分手的？”

他们坐在亭子里，父亲递给他一支烟。

“不合适。”

父亲点点头，示意他继续说下去。

“就是一些不起眼的小事，总会很生气，感觉都不对。”

“那你当时又为什么会和她在一起？”

贝克不想告诉父亲，自己一开始和那个女人在一起是因为她长得漂亮。他并不确定自己在当时对那个女人产生过爱。他和那些女生在一起，就是在一起，并不是因为爱得炙热或是其他什么东西。那就好像一种无意识的行为，而当他在之后某一天意识到这一点，也就是分手的时候。然后又会有下一个女生。

他曾经和苏珊在电话里说过这样的心情，但只是在电话中才能讲出来，当面的时候绝对不可能讲到这些。苏珊在电话的另一头有很长一段时间没说话，贝克有些不安。

“那你为什么还继续和下一个女孩在一起呢？”她问，“只是因为她们长得漂亮或者只是因为性？”

贝克并不知道该如何回答，因为他无法描绘那一种感觉，就好像一种不受控制的晕眩般。他原本想轻松地说，是因为无聊或是年轻什么的，但这些借口始终卡在喉咙。他从未爱过那些曾经和自己交往的女生。他觉得并不仅仅是因为性，因为其中有两个他从未和她们上过床。他记得和其中一个女生只是一起躺在床上，他一直在讲贝克特的小说和那些荒诞戏剧。女生始终都很不耐烦，但他依旧不停地讲着，直到那个女生决定离开。

这些隐秘的往事都隐藏在他的记忆中，他从未和任何人说过。而那一种失落和疏离感，他也从来没有提过，周围的人甚至从未听过这些词语从他嘴里流出过。

2

星期五中午那充满颤动的睡眠让他疲惫不堪地醒来。他感到肚子饿，便到厨房里找吃的。不知什么时候放在冰箱里的面包被冻得好似钢铁。他把烧水的锅子放到火上，准备煮几个鸡蛋。在烧水的时候，他看着蓝色的火焰“突突”地跳着。他点了根烟，把睡霾驱散。那短暂睡眠里的那些梦现在依旧清晰，甚至那些情绪都依旧聚集着并未消散。

炉子发出水烧开的响声，他才发现自己忘记一开始就把鸡蛋放进去。他把烧开的热水倒进水池里，又接了些水，并把鸡蛋放进去。

他惊讶于自己从未在梦中梦到父亲，人们不是都说“日有所思夜有所梦”吗？为什么父亲没有一次出现在自己的梦中呢？这个问题会让他感到困扰和疑惑。他甚至在想是否是因为父亲不想见自己？父亲总会原谅自己的错误，并指导自己该如何在下一次相同的情况下避免这类事情的再次发生。或许是因为写作的事情，他伤害到了父亲的心。

他不知道父亲为什么会看到自己发在一本很偏的小杂志上的那篇文章。那个时候，他刚好在现在的这座城市，父亲打来电话，说自己看了他写的那篇小说，很喜欢。贝克不知道为什么自己却感到十分生气。他在电话里说得话很重，并提起了父亲曾经失败的作家梦想。挂掉电话，他知道自己伤害了父亲。

父亲的突然去世让他再没机会去向父亲道歉和解释，这让他痛苦不已。

他尝试着说服自己，父亲会像以往那样原谅自己，但因为父亲已不在人世这个现实，而导致这样的假设里充满了欺骗与背叛。教他写第一篇文章的就是父亲，那时他还只是高中的老师，准备着成为一名作家。

第二锅的水再次烧开。贝克用勺子把鸡蛋盛到水池中，用冷水冲。他接连吃了三个鸡蛋，被其中一个蛋黄噎到，用杯子接了一杯冷水一口喝完。他把鸡蛋壳倒进垃圾桶里，关掉炉子，走回客厅。窗外天空半明半昧，屋子里有些昏暗。

回到这里他打了通电话给母亲。母亲语气中充满了火气，她觉得儿子这么急就离开家，丢下她一个人生活在这房子里，是多么的不可原谅。她不愿意一个人生活在这所房子里，她也想要离开，但是能到哪里去呢？贝克坚决不同意母亲到自己这边来，而母亲也不愿意离开南京。

“那你以前租的那个房子呢？”母亲问。

“已经退掉了。”

“你为什么要那么早就把房子退掉？你就这么急着逃离这个家吗？”母亲说。

贝克靠着卧室的窗子，屋外一片黑暗。

“现在你丢下我一个人在这里，没有你爸，我还能活么？这房子到处都是你爸的身影，他好像还在这里，怎么都不愿意离开。我不想再在这里生活了！”

“你想怎么办？”

“把这房子租出去，我到外面找房子住。”

“随便你！”贝克说。

母亲招呼也没打就挂了电话，贝克不知道下一次他们通话会是在什么时候。

他坐在沙发里打开电脑，新建一个word文档，准备写些什么。但面对着空白一片的屏幕，他不知道该从哪里开始。短小的光标不时地闪现着，他觉得自己盯着屏幕出了神，似乎睡着了一般，平静而安稳。

他写道：

父亲突如其来的逝世让我不知所措，像再次变成了几岁的小男孩，恐慌不已地面对着自己一无所知的现实……

这只会属于他自己一人，而不属于其他任何人。这是他私密而真诚的表白，没有任何的躲闪与回避。对父亲的记忆和当下的思念，那些说不出口的爱，都能在这里写下来。贝克觉得自己就好似一个即将爆炸的物体，写下来是解决这个危险唯一可靠的方法。无论是和那个长着一颗非常小的脑袋的心理医生聊天，还是吃了安眠药落进那些奇怪的梦中，都不会比这个方法更加的简单和可靠。

他激动地写着最真实的自己。

他写完最后一个字的时候，两个小时不知不觉地过去了。他看着满屏幕的文字，有那么一刻会有满足，但这满足感并不停留，一会儿便又消失不见。那一种抒发和倾诉是在写的过程中，却并不是在这一切都结束之后。结束后只有更加浓郁的失落，被那过程挑醒却无法在最后让它安静下来。贝克觉得这样的落寞在心中渐渐地膨胀，像顽皮的小孩在不停歇地吹着那个即将爆掉的气球。

他不想回头再看自己刚才写的这些词语和句子。他按下删除键，从文章最后把它们删掉。窗外天气变得明媚，午后的阳光有一种罕见的柔和感。他想出去走走，像以前在南京周末陪父亲散步那样。

他换了件黑白格子的衬衫，在门前徘徊几秒之后才关上门下楼。贝克所租住的这个小区，下午很安静。一些上了年纪的老人就坐在如今已很少见的竹椅子里打瞌睡。从他们面前走过，贝克觉得自己和他们完全是生活在两个不同的世界，过着大相径庭的生活。但生活就是这样，不是吗？想到这些贝克觉得有些安慰，但是这样的安慰脆弱而无常，或许是因为父亲的去世。他不知道生活最终会变成什么样才能让人满意，觉得值得继续过下去。

马路两边巨大的香樟树枝枝相交，叶叶相辅。这条路有些年头，许多地方坑坑洼洼，一下雨就满是积水，车从上面开过，溅起脏水打在行人身上。但对于五月这样的午后，走在这里却让人感到舒适和安心。

路上没有多少人，车也断断续续地开过。贝克沿着马路边漫无目的地往前走。并没有什么特定的目的，出来就只是为了吹吹风，赶走窝在家里的那些阴郁气息。他并没有像和父亲散步那样时不时地会比赛一下，竞走看谁先到前面的小亭子。父亲很看重锻炼身体，曾经一次糟糕的高血压经历让他开始每天到公园里散步。

在路过一个小学偏门的时候，有一小股人流经过，贝克并未过多注意，所以当那个穿着蓝白色条纹的人从前面的拐角转进这条马路时，他并没看见。贝克前面走着两个中年妇女，似乎在聊着化妆品的事，一些化妆品的名字时不时地传进他的耳朵里。那个穿蓝白色衣服的人面无表情地走过来，没有人看到他是从什么地方拿出那把水果刀的。或许是因为路上的人们都在忙着自己的事情，或只是低头往前赶路，完全没有人会去注意这样一个看起来十分普通的路人。贝克的视线一直在不远处的地上，马路上都是香樟树枯黄的叶子。

那一刻发生得突如其来，他只觉得有人撞了自己一下，然后左边的胸膛上就传来一阵剧痛。一个尖锐的东西直直地刺了进去。当贝克意识到的时候，那个人已经把刀拔了出来，继续往前走。贝克看着血从自己的身体里涌出来，好似新发现的泉眼般。他犹豫着用手捂住它，剧烈的疼痛让他无法站立，两腿一软倒在地上。

后来，他和苏珊说，当时自己的脑海里什么也没有。那种感觉就好像最终听懂那一次母亲在电话里说的内容，头脑里一片空白。但从胸膛上扩散开来的疼痛感却在短时间把整个身体拉入崩溃状况，他感到自己手里抓着温热的液体，从指间流失。他的脸颊贴着阴凉的焦油路面，被小小的石子硌得难受。他困难地喊救命，但声音太小，始终没有人听见。

“我觉得自己体内的生命在一点点地随着那些血流失，那种感觉十分强烈显而易见。”他在医院里这样向苏珊描述。

那种感觉最多是恐惧，虽然迷惑会在其中占一部分，但贝克在当时想到因为跌倒而疾病突发的父亲。他是否在跌倒后有那么短暂的时间让他感受到这些？那种这些活着的人无法感觉到的恐惧和无力，和那种惴惴不安地消失。一切在那个时候都会变得比其他任何时候更为明显，死亡似乎已经触手可及，他甚至能说出它的质感和温度。然后他有机会活了下来，重新想起这些感觉，甚至可以告诉其他人或者是写下来，让别人感受。但是父亲却没有这个机会了，他只能带着这样的感觉和突然意识到的一切随着死神离去，而无法在参与他所提到的任何一种方法来解释给其他人听。因此贝克觉得自己不能向任何人提起这些感觉，因为这就好像是对已逝父亲的一种嘲讽和遗忘。他把濒临死亡的感觉始终隐藏在心中，直到六十多年后的一个夜晚，才随着最后一个不安的梦一同离开。

医务人员在几个路人的帮忙下，手忙脚乱地把他抬到车上。救护车拉起警灯，鸣叫着驶向附近的医院。路人看着救护车离去，马路上那一滩血让人兴奋和不安。几个人盯着看了一会儿，想起自己之前还在赶着去一个地方或是等公交车，才又急急忙忙地离开。

一些模糊的人脸和奇怪的影像在贝克眼前快速地闪过，留下漫长的影子。他能感觉到自己此刻正身处在一个十分嘈杂的环境中，甚至有一个刺耳的声音就在他的耳边响起。那些穿着白大褂的医生正开始井然有序地救自己，就好像他们救被送来的父亲那样。

一个耀眼的光芒让他感到不适。渐渐地他便在麻醉剂的作用下沉睡入眠。

他梦到了父亲，但并未和他说话。他们之间始终都隔着一段距离，他往前走父亲就往前走，他停下来父亲就停下来。就好像是某个蹩脚的游戏般，最终他意识到自己的努力都没用，于是就远远地看着父亲。嗓子里发不出任何声音。梦中有一些地方让他感到很奇怪，因为总好似有某样东西在穿过自己的身体或皮肤，那种感觉虽然飘渺但依旧还是能被感觉到。

再后来——他从医院回家之后——他告诉一直在这段时间里照顾着自己的苏珊，有那么一刻，他就希望自己不要再从那个梦中醒来了。他希望自己就能像父亲那样离开。虽然在梦中始终存在着那个距离，但和当他醒来之后所意识到的那个距离相比要近得太多。那是一个无法建立起任何沟通的距离，即使回忆在其中也显得脆弱而常常使之遭受严酷地排挤。当他在病房中醒来，看到洁白天花板上的蜘蛛网时，一股愤怒在他心中像风一般刮过。他看到苏珊坐在自己病床边的椅子里。

“感觉怎么样？”苏珊问。

“终于能安稳地睡一觉了。”他笑道。

“医生说已经没有危险了，接下来的时间都只要静养就行。”苏珊说，“你应该感谢老天爷，就离心脏几公分！”

“不能回家吗？”

“近期还是先要待在医院里，因为还要挂水和检查。”

“你怎么来了？”贝克不知道现在再问这个问题是不是已经晚了。

“我看到你给我打的电话，但那段时间都在忙一个新的设计案子，所以一直很忙，没注意到电话。昨天我打给你，接电话的是医院的护士，他就说了你受伤在住院。到底是怎么回事？”

贝克被她这个问题问住了，因为就连他自己都不知道到底是发生什么事情了。根据他现在还剩下的回忆，就是自己在路上走，被一个人用刀子刺了一下。

他知道当自己像这样告诉别人的时候，他们的表情都会像此刻的苏珊。

下午的时候，两个警察来问他关于被刺的事。贝克真希望他们早上能在这里，因为他又要把上午和苏珊说的，解释的那许许多多自己都不知道是怎么一回事的事情告诉警察。

一个瘦高，脸色阴沉的警察坐在椅子里，问他问题的声音里没有任何情绪，就好像是一台机器人在讲话。

“你不认识那个刺伤你的人吗？”

“不认识。”

“最近和谁有闹矛盾吗？”

“没有。”

“你觉得会是谁想刺伤你？”

贝克被警察的这些问题惹得很烦，他能给警察的答案都是“不知道”。因为就像他对所有问他这件事的人所回答的那样，他根本就不认识那个刺伤自己的人，他甚至不知道刺伤自己的是男人还是女人。而对于警察的斤斤计较和反复问的为什么刺伤他这个问题，贝克对此已经无能为力。

那个警察看着他的眼睛，贝克觉得自己此刻是被当作一个嫌疑人在盘问。那个站着的警察自始至终饶有兴趣地盯着他，好似在他眼中他是一个值得研究的标本似的。

“如果你们互不相识又没有任何恩怨，那他为什么要刺伤你？”警察咄咄逼人。

“我不知道。”

我不知道，

我不知道，

我不知道，

我不知道，先生！

和警察的交谈最终会陷入一个无法转出来的循环圈子中。警察的问题和他的回答就好像是蛇的嘴巴和尾巴，嘴巴咬着尾巴，就这样形成了一个怪圈，无法给出使每个人都满意的答案。警察对此感到十分不满，冷着脸对他说：“我们会根据你提供的情况去调查的。”说完便离开了。

对此贝克从未抱过什么希望，而那也是他最后一次见到那两个警察，之后就再也没有任何警察因为此事来找过自己了。

3

贝克从来不知道住在医院会是这样的无聊和令人不安。

晚上总是充满各种各样的声音，他就躺在满是消毒水味的床上听着这些声音充满自己的脑袋。他没告诉苏珊把自己床头柜里的安眠药带过来，他不希望她知道自己被失眠困扰。他总觉得走廊里有人在走动，而在初中时看的那些关于医院的恐怖小说和电影，这个时候都在脑袋里闪现和回放，让他感到毛骨悚然，后背时常都是湿的。

在凌晨的时候，他有了一些睡眠，但很快走廊里就充满了上班护士和医生的脚步声。他双眼干涩难受，踉跄着下床把窗帘拉上，希望能再睡一会儿。但护士面无表情地进来，把他刚拉上的窗帘拉开了。

在医院里的那段时间，都是检查和挂水，一天能挂两三瓶点滴。这些点滴顺着他手背上的血管流进身体里，去修补胸膛上被水果刀刺开的伤口。贝克在傍晚一个人的时候会偷偷地把纱布弄下来，看一看伤口。有条到小拇指第二个关节那么长的伤口，他惊讶自己竟然能活下来。那些长久流淌在身体里的血液不会乘着那个机会都流出来，离开身体吗？他用拇指去碰被缝起来的伤口，一股疼痛感立即让他缩回手。他真希望父亲这个时候会在，能看到发生在自己身上的这件事。贝克十分好奇，不知道父亲会对此说些什么？

在日复一日挂点滴无聊的时候，贝克开始自己玩一个隐秘的游戏。

他开始尝试着在脑海里去构想那个刺伤自己的人。首先，他觉得那个人会是个男人。因为在之后他努力回想的时候，他记得那似乎是一闪而过的蓝色上衣，是男人穿的衣服。那么这个男人会长什么样子呢？贝克一直觉得描述别人的面孔是件困难的事情，所以他就把这个男人想象成某部电影里的大反派。但在第二天他就觉得这样的假设或许并不适合，因为那个男人也许长得十分平凡，走在路上没有任何人会觉得他是“大反派”或者会用水果刀刺伤别人。于是他觉得这个男人长着一张再普通不过的路人脸，或许会在鼻子或是眼睛或是颧骨这些地方有些特色，但并不明显，不会引起任何人的注意。

那么他为什么要拿着刀在路上刺伤别人呢？刺伤我呢？这是这整个故事中最困难的一部分，但贝克用自己一直善于构思小说的手段来猜想这个男人的过去、家庭，甚至是当下的心境这一类东西。他甚至在一次护士把针头扎进自己手背时想到了给这个男人一份工作。他觉得这会有一个广泛的选择，既可能是辛苦的砖瓦工，也可能是每天朝九晚五的办公室工作人员；可能是某个连锁超市的主管，也可能是失业在家，正四处找工作这样的一种情况。他按照构思一篇小说的方法来填充这个刺伤自己的男人，把他变成这个故事的主角，一切都围绕着他展开。或许可以从他青年开始，因为家庭或者是所见所识而形成了怎样的人生观与世界观。在之后考上大学（或者未考上大学），那从这里他的未来人生就需要分成两条线来叙述：如果读大学其后是怎样的？如果没能考上大学，而进入社会工作，那又会是怎样的？

他或许会是个唯我主义者！贝克看着窗外错综复杂的电线想到这一点。如果是这样，那么他一定还没有结婚，但是或许正处在一段感情中（贝克暂时还不愿意去猜想那个女人会是什么样子的）。既然如此，如果他是一个唯我主义者，那这一现状必然会导致他和女友感情经常出现摩擦和矛盾。他始终只关注自己，在自己的世界里，完全脱离了他身体所处的世界。那么这样一来，对于之前关于他可能从事的工作就会受到制约，其中的一些显而易见就已经不合适了。贝克觉得他可能根本就没有工作，或许以前有但辞掉了。那么他的女友一定希望他能回到现实世界中，去找份正式工作，过上安稳而普普通通的生活。这对于一个女人来说，从来就不是什么奢侈难求，男人完全应该对此负责。

“这样是不是也会很孤独？”苏珊把苹果递给他。

贝克没有回答，但他觉得自己或许能理解他的感受。这个时候有一种奇怪的感觉在他身体里流淌，他觉得那个刺伤自己的陌生人似乎在自己的缓慢构造中渐渐地变成了自己，或者是自己的某个部分，某种形象。这样的发现让他兴奋。他甚至开始觉得或许等自己伤好了出院后，可以写这个故事。

当天晚上他在婴儿的啼哭声里睡着，梦中有两只黑猩猩坐在一起下棋。这个似乎饱含寓意的梦一直困扰着他，第二天一整个上午他都在想这个梦。里面的一些细节已经消失了，但是那两只黑猩猩在脑海里却越来越鲜明。在苏珊傍晚来的时候，他告诉她自己要把这个梦加到准备写的小说里。苏珊问他，有什么寓意吗？他笑着说不知道。

在贝克住院的半个月时间里，贝克母亲打来一次电话，告诉儿子自己现在在外边找了个房子，自家的房子已经挂牌出租了。贝克就说知道了，不愿意再因为这件事情和她产生任何的口角。他也没告诉母亲自己被刺的这件事。

出院是在五月下旬，再过两天就是六月了，阳光开始变得强烈。早晨七八点的时候，满世界都是耀眼的光芒，似乎把每个角落都照得光亮。那些绿色的植物被晒得发软发亮，绿油油的看着让人心里舒服。

贝克已经可以自己慢慢地走路了，虽然医生建议他在医院待到完全康复，但他早就希望能离开这个充满了消毒水味的地方。苏珊开车把他从医院接回家，扶着他小心翼翼地上楼。她的头发落在贝克的脸边，痒痒的，很香，他很喜欢这样的感觉。他想起曾经和父亲说的那些关于自己和苏珊的话。现在，他觉得自己是爱上苏珊了。

“要喝水吗？”苏珊问他的时候自己已经去厨房给他倒水了。

贝克坐在客厅的沙发里，觉得回家的感觉真好。苏珊把水递给他，在他身旁坐了下来。他始终能闻到她身上的香水味，一种充满诱惑和美好的感觉。苏珊皮肤洁白细腻，鼻子小巧挺拔，很美丽。贝克不知道自己以前是否告诉过苏珊，她长得很漂亮。他觉得自己的身体在悄然地发生着一些变化。他身体前倾吻上苏珊的嘴唇。苏珊并未抗拒，而是积极地回应着他。他双手摸着她的腰，抚摸她的后背，然后滑到前面握着她的乳房。

他身体前倾准备倒在沙发上的时候，伤口发出激烈的刺痛，他闷哼一声，脸扭曲在一起。苏珊笑着放开他，让他不要伤到伤口。贝克又去吻她，把她抱在怀里。

关于那个在医院里构思的故事贝克现在已经写了一万多字。他每天坐在客厅靠窗的桌子上，面对着电脑，一写就是一两个小时。他觉得生活会变好，尤其是和苏珊的婚事已经定下来了。他觉得一切都会过去，就好像身体上的那条长长的伤口，如今也已经长好了，只有在洗澡和晚上睡觉的时候才会看见。对于那个陌生的刺伤自己的人，贝克把他完完全全地放进了自己的第一本小说。他不知道如果父亲在世，会怎么说，但他肯定会很高兴，因为贝克终于愿意拿起笔写作了。

傍晚下雨的时候，贝克到阳台把晒干的衣服收进来。在阳台上，他看到哗啦啦的雨从很脏的玻璃上流下去。屋子昏暗闷热，一股难闻的气味从楼下的垃圾回收站里散发出来。苏珊今天看样子是不会来了。贝克觉得自己已经爱上了她，再也离不开她了，所以他才会早早地求婚。

对于他而言，生活就好像今日和曾经的某个日子一样，不会再有什么大的变化了，但是他开始写小说了。他从未这样肯定过，即使一直以来父亲都坚持认为，如果他愿意并努力，一定会成为一个著名的小说家。他不知道这才是他漫长人生的开始，一段对于生活刚刚理解和认识的启程。但他在这六月的大雨中，似乎意识到些什么，对于以后自己的人生和与苏珊一起的生活。关于人类——或许——关于这些处境，不仅是此刻的，自己的，而且还有其他人的，那些认识的不认识的，生活在这个世界上每一个角落的人的此刻处境和之后的。

想到这些贝克觉得有些悲伤。他感到已经愈合有一段时间的伤口似乎又在隐隐作痛。他抱着一大堆衣服站在阳台上，被自己忧郁而隐忍的痛苦所感染。啊，美好的日子！不是吗？他抱着衣服走回卧室，在傍晚的黑暗里开始叠。

回归

文 / （苏）安德烈 · 普拉东诺夫　译 / 金东升

阿列克谢 · 伊万诺维奇 · 伊万诺夫是位近卫军大尉，他要复员离开部队了。整个战争期间他都在这支部队，大家欢送他的时候不免依依不舍，纷纷用音乐和美酒向他表达爱和敬意。几个关系亲密的朋友和同志把他送到火车站，跟他做最后道别。最后车站上就只剩下伊万诺夫一个人了。可是，火车却晚点了几个小时，后来又过了许久，火车还是没有来。寒冷的秋夜已经降临，火车站在战争中遭到了破坏，没有什么地方可以过夜。于是，伊万诺夫搭便车回了部队。第二天战友们再次为他送行，再次唱歌拥抱，以此来象征他们永恒的友谊，只不过送别的方式简单多了，欢送仪式也仅限于几个亲密的朋友之间。

伊万诺夫再次来到火车站，他才得知，昨天的火车依然没有到站。其实，伊万诺夫本可以像昨天一样再次回部队过夜，但是，再一次让战友们体验离别之苦，再一次麻烦同志们实在不好意思，于是他独自留在了空荡荡的车站。

车站出站道岔附近有一个幸存下来的扳道房。旁边的长椅上坐着一位穿棉袄、围暖和头巾的女人。昨天她就带着行李坐在那里，现在依旧在那里等火车。伊万诺夫昨天回部队过夜时还想着：要不要邀请这位孤零零的女人回部队，让她和护士在暖和的小房子里过一夜。她何必在这里挨冻一晚呢，不清楚她会不会在扳道房里取暖。但便车开走的时候，他就把这个女人给忘了。

现在，她还像昨天一样一动不动地呆在原地。这种执着和耐心体现了女性心灵的忠贞不渝，至少对待自己的东西和自己的家庭是这样的。她要去哪儿？大概，她也要回家吧。伊万诺夫走到她跟前：也许，她同他在一起就不会像她一个人时那么孤单了。

女人转过脸，伊万诺夫一下子认出她来。这个女孩叫“玛莎”，是浴池服务员的女儿。因为她曾经这样称呼过自己，并且她也确实是浴池服务员的女儿。战争期间伊万诺夫去机场服务营的时候偶尔见过她，她就是浴池服务员的女儿，在食堂做自愿招募厨师的助手。

此刻，他们周围是一片凄凉忧伤的深秋景象。那列本该拉着玛莎和伊万诺夫回家的火车，至今还不知道在哪个黑暗的角落。现在唯一能使心灵得到快乐和抚慰的就是另一个人的心。

伊万诺夫和玛莎谈了起来，他感觉好了许多。玛莎是个漂亮、内心淳朴、双手灵巧、年轻健壮的女孩。她也要回家，并且在思考怎样度过新的平民生活。她习惯和部队里的女朋友接触，和那些喜欢她的飞行员接触，她就像个大姐姐。他们送她巧克力，称呼她为“玛莎大姐”，因为她身材高大，心胸宽广，真的像一个大姐姐。她把所有的兄弟都放在心里，不会冷落任何一个人。现在玛莎要回家了，她反而有些不习惯过平民生活，奇怪甚至是害怕回家见到早已生疏的家人。

现在，伊万诺夫和玛莎感觉离开部队的他们突然变成了孤儿。伊万诺夫不能一直处于这种忧郁的状态中，他觉得，此刻正有人在远方嘲笑他，正在将他的幸福夺走，而他却留在这里成了闷闷不乐的傻子。因此，伊万诺夫总会去找些实事来做，确切地说，他会为自己找些事情或者慰藉，或者，就像他自己所说的，找些乐子，他就是这样来驱赶自己的苦闷的。

他向玛莎靠近一点，问她能否允许他以同志式的方式亲一下她的面颊。

“我只是稍微亲一下。”伊万诺夫说，“火车老是晚点，等得都不耐烦了。”

“只是因为火车晚点了吗？”玛莎认真地注视他的脸问道。

前任大尉看起来三十五岁左右，他脸上的皮肤由于风吹日晒成了棕红色。他灰色的眼睛谨慎甚至有点腼腆地瞅着玛莎，尽管他说话很坦率，但是非常客气而有礼貌。玛莎喜欢他那中年人特有的低沉嘶哑的声音，喜欢他黝黑粗糙的脸，还有他坚强有力而又无依无靠的表情。伊万诺夫用他那似乎感觉不到烫的大拇指将烟斗熄灭，缓一口气，等待着玛莎的允许。玛莎从伊万诺夫身边移开了一些。他身上有股很浓的烟味，烤干面包味，还有一点儿酒味，全是那些从火中而来或是产生火的东西的味道。好像伊万诺夫只以烟草、面包干、啤酒和葡萄酒为生。

伊万诺夫重复一遍自己的请求。

“我会很小心地、只是轻微地亲一下，玛莎……把我当成您叔叔吧。”

“我已经把您当成……我把您当成了爸爸，不是叔叔。”

“原来是这样啊！那么您就答应我吧……”

“父亲是不会问女儿的。”玛莎笑了。

后来伊万诺夫暗自承认，玛莎的头发有股秋天森林中落叶的味道，令他永远无法忘怀……伊万诺夫在离铁路不远的地方生起一小堆篝火，准备为玛莎和自己煎蛋做晚餐。

火车晚上才到，把他们带上了回家的路。他们在车上共同度过了两个昼夜，第三天，火车把玛莎带到了二十年前她出生的城市。玛莎收拾好行李，求伊万诺夫调节背在背上的袋子使她更舒服些，但伊万诺夫把她的袋子扛在自己的肩上，跟着玛莎下了火车。虽然他还得坐一昼夜多的车才能到家。

玛莎很惊讶，并且也被伊万诺夫的关心所感动。此刻，她害怕一个人留在她曾经出生和生活过，但此刻却像异乡的城市里。玛莎的父母被德国人赶出了家乡，也不知道死在了何处，现在在家乡就只剩下一个表姐和两个姑妈，并且她们对她来说没有一丝亲人的感觉。

伊万诺夫在铁路管理员那儿办理了中途滞留手续，和玛莎一起留在这座城市。其实，他本该快点回家的，因为他那四年未见的妻子和两个孩子正盼着他回家。但伊万诺夫还是推迟了同家人见面的时刻。连他自己也不知道，他为什么这样做，也许，是因为他想再自由自在地享受几天吧。

玛莎并不知道伊万诺夫的家庭状况，出于少女的腼腆也没好意思问他。她相信伊万诺夫只是出于一颗善良的心，其他的她也没有多想。

过两天伊万诺夫重新踏上了回家的火车。玛莎去火车站送他，伊万诺夫习惯性地亲了她一下，并且许下诺言会永远记住玛莎的样子。

玛莎微笑着说：

“为什么要永远记住我呢？这个就不必了，您反正会把我忘掉的……我对您一无所求，请忘记我吧。”

“我亲爱的玛莎！以前你在哪儿，为什么那时没有遇到你呢？”

“战争（注：1941-1945年卫国战争）以前我在念十年制学校，再以前我还没出生呢……”

火车来了，他们依依道别。伊万诺夫离开了，但他没有看到玛莎独自一人的时候放声大哭，因为她这个人谁都无法忘记，就算是仅有一面之缘萍水相逢的朋友和同志她也无法忘记。

伊万诺夫望着窗外，沿途小镇的房屋在他眼前掠过，恐怕他今生未必会再看到这个小镇了。他想到，在另一座城市，在这样的小房子里住着他的妻子柳芭，还有两个孩子，彼得卡和娜斯佳，他们正等着他回家。还在部队的时候他就给妻子发了封电报，说他就要离开部队回家了，盼望早日亲吻妻子和孩子。

伊万诺夫的妻子柳波芙·瓦西里耶芙娜，一连三天来车站迎接从西面驶来的每一列火车。她请了假，也没有完成工作定额，并且还好几个晚上都兴奋地无法入睡，听着挂钟钟摆慢慢冷漠地摇摆。第四天柳波芙·瓦西里耶芙娜让孩子们——彼得卡和娜斯佳白天去火车站接父亲，如果他白天不到，她又得亲自来接夜间的火车。

伊万诺夫第六天才到，接站的是他的儿子彼得卡。彼得卡今年十一岁，父亲开始没有立马认出这个外表严肃，看起来比实际年龄偏大的少年就是自己的儿子。父亲打量着儿子，彼得卡是一个又矮又瘦的小男孩，但是脑瓜很大，脑门很宽。脸上显得很平静，好像他已经习惯了日常琐事。一双褐色的小眼睛看待世界颇为忧郁与不满，眼睛所见之处仿佛只有一片混乱。彼得卡穿着很整齐，他脚上的鞋穿旧了，但还得对付穿，裤子和夹克很旧，是用父亲的衣服改做的，但没有破洞，该缝的地方都缝了，该补的地方都补了，整个看上去彼得卡像个矮小贫穷但很勤快的小男子汉。父亲吃了一惊，叹一口气。

“你就是父亲吧？”当伊万诺夫拥抱他，吻他，略微把他抱在自己怀里的时候，彼得卡问，“这么说，你是父亲！”

“是父亲……您好。彼得卡！”

“你好……为什么走这么长时间呢？我们等啊，等啊。”

“这是火车，彼得卡，火车走得慢……母亲和娜斯佳怎么样，都好吧？”

“都挺好。”彼得卡说，“您得了几枚勋章？

“两枚勋章，彼得卡，还有三枚奖章。”

“我们和母亲都以为你胸前挂满勋章了呢。母亲也有两枚奖章，她立功发给她的……你的行李很少，就只有一个包吗？”

“我用不到那么多包。”

“拿着箱子打仗会很不方便吧？”儿子问。

“当然，”父亲同意道，“带一个包打仗轻快。战场上没有人拿着箱子打仗。”

“我还以为有呢。要是我，我就把自己的东西全放在箱子里，在包里放着东西易折断弄坏。”

他拿起父亲的行李，领着他回家，一路上父亲跟在他身后。

母亲在家门口台阶上迎接他们。她又请假了，心里似乎察觉到丈夫今天会回来。从工厂出来首先回家，然后再去火车站。她担心谢苗·耶夫谢耶维奇会来她家，有时候他喜欢白天来做客，他有这样的习惯——突然来，一起同五岁的娜斯佳和彼得卡坐上一会儿。真的，谢苗·耶夫谢耶维奇从不空手而来，他总是给孩子们带点什么东西来，糖果，或者白糖，或者小白面包，或者工业品配给证（注：鞋、衣服及其他消费品在 1941-1945 年卫国战争期间凭配给证分发）。柳波芙·瓦西里耶芙娜本人从谢苗·耶夫谢耶维奇身上挑不出一点毛病。他们认识两年来，谢苗·耶夫谢耶维奇对她很好，对孩子们来说，他就像亲生父亲一样，甚至比其他父亲还要关心孩子。但是，今天柳波芙·瓦西里耶芙娜并不想让丈夫看见谢苗·耶夫谢耶维奇。她把厨房和房间收拾了一下，房子里应该干干净净井井有条。晚些时候，明天或者后天，她想亲自把实情讲给丈夫听。幸运的是，谢苗·耶夫谢耶维奇今天没有来。

伊万诺夫靠近妻子，与她拥抱良久，感受着爱人已经淡忘但却熟悉的体温。

小娜斯佳从房子里出来，瞅着她已经不记得的父亲，开始用手推父亲的腿，试图把父亲从母亲身边推开，然后大哭起来。彼得卡背上背着父亲的背囊，默默地站在父母旁边，等一会儿，他说道：

“你们够了吧，否则娜斯佳哭个没完，她还不懂事呢。”

父亲放开母亲，抱起吓哭的娜斯佳。

“娜斯季卡（注：娜斯佳的小名）！”彼得卡向她喊道，“你别哭了，听到没有！他是我们的父亲，是我们的亲人！……”

父亲在屋里洗了把脸，坐在桌子旁边。他伸直了腿，闭上眼睛，心里顿时感到一种融融的乐意和平静的满足。战争已经过去了。这几年他这双脚走了几千俄里，脸上爬满了疲惫的皱纹，一闭上眼睛就是一阵刺痛，它们此刻也想在黑暗中休息一下。

当他坐着休息的时候，家里人都在房间和厨房张罗着节日般的大餐。伊万诺夫依次仔细地打量房里的所有物品：挂钟、碗橱、墙上的温度表、椅子、窗台上的花、俄式厨房火炉……他不在的时候它们一直在这个房子里，一直在想念他。现在他回家再次看到它们，又和每件物品相识了，就像同他不在的日子里生活在忧郁和贫穷中的亲戚重新认识一般。他嗅到了那挥之不去的家的气息——腐烂的木头味，自己孩子身上的味道，炉子炭火膛子的焦味。这味道还是四年前那个味道，没有他的日子，它没有消散，也没有发生变化。伊万诺夫在哪儿也没有感觉到这种味道，尽管战争期间他去过几个国家，到过数百个家庭，那里的味道是另一种，不是自己家所特有的那一种。此刻伊万诺夫还想起玛莎头发散发出的味道，但那是林间落叶的味道，是陌生并且长满杂草的小路的味道，那不是自己家的味道，那是又要开始惶恐不安的生活的味道。玛莎现在在做什么？她现在生活得怎么样？浴池服务员的女儿，愿上帝保佑她……

伊万诺夫注意到，家里忙得最不可开交的是彼得卡，不仅他自己干活，还指挥母亲和娜斯佳，什么该做，什么不该做，怎样做才对。娜斯佳对彼得卡的话言听计从，她已经不再像害怕陌生人那样害怕父亲了。她长着一张活泼、做事循规蹈矩、严肃认真的脸，她还有一颗善良的心，因为她生彼得卡的气。

“娜斯季卡，快把盛土豆皮的盘子腾出来，我现在要用……”

娜斯佳乖乖地腾出盘子，并且还把它洗干净了。母亲与此同时匆忙地做烤饼，也顾不上加酵母了，因为彼得卡把炉子点着了，得快点准备。

“快点，母亲，再快点！”彼得卡命令，“你瞧，我火都生好了，磨蹭惯了吧，要当个斯达汉诺夫式女工作者！”

“马上，彼得卡，我马上，”母亲顺从地说，“我放点葡萄干，马上就完事，大概，你父亲已经很久没有吃葡萄干了，这些葡萄干我放了很长时间了。”

“他吃过。”彼得卡说，“我们的部队也发葡萄干。我们的战士们，瞧，个个肥头大耳的，他们吃得挺好……娜斯季卡，你怎么坐着，难道来做客吗？去削土豆皮，午饭时要用平底煎锅煎土豆呢……就这些馅饼全家可不够吃！”

趁母亲做馅饼的时候，彼得卡用一个大炉叉把装有菜汤的生铁大铁锅放到炉子上，可不能让火这样白白地烧着，马上对炉子里的火下命令：

“为什么火老是乱窜啊，你瞧，燃向四面八方！均匀地对着锅底烧嘛，在树林里白长了这么大……倒是你，娜斯季卡，为什么炉子里都塞满了，应该像我教你的那样往里填柴嘛。你又把土豆皮削得那么厚，要削得薄一些，你为什么将土豆削得这么小，因为你我们得浪费多少食物……我给你说多少遍了，现在给你说最后一遍，下次再这样就敲你后脑勺！”

“你，彼得卡，怎么老是数落娜斯佳，”母亲温和地说，“她怎么惹到你了？娜斯佳已经削了那么多土豆了，难道要让她像理发师一样，一点都不能碰到肉吗……父亲回来了，你还老是生气！”

“我没生气，只是就事论事……应该招待父亲，他打完仗回来了，可你们却白白浪费东西……像这样削土豆我们一年得扔掉多少土豆皮？

如果我们养头母猪的话，这些浪费的土豆够它一年吃的了，我们还可以把它送到展销会上，说不准还会发给我们奖章呢……你们想想，要是这样多好啊，可你们却不明白！”

伊万诺夫不知道他有这样一个精打细算的儿子，现在他坐着，被儿子的聪明所折服。不过他更喜欢温顺的小娜斯佳，她那一双小手也很灵巧，很会做家务。也就是说，他们很小的时候就学会了干家务活。

“柳芭，”伊万诺夫问妻子，“你怎么不跟我说句话，没有我的这段时间你过得怎么样，身体还好吧，工作干得怎么样？……”

柳波芙·瓦西里耶芙娜现在就像一位新娘，在丈夫面前甚至很害羞——她和丈夫生疏了。当丈夫转身面向她的时候，她甚至脸都红了，她的脸就像年轻时候一样，带着几分害羞与惊慌，当初伊万诺夫就是被这种神情迷得神魂颠倒。

“没什么，阿辽沙……我们生活得很好。孩子们很少生病，我抚养他们……糟糕的是我只能晚上陪他们。我在砖厂干活，操纵压砖机，到砖厂很远……”她正在放入铁锅的馅饼上面哭，她的眼泪滴到了面团上。她在馅饼表面涂上了鸡蛋液，用手掌摸了摸面团，节日的馅饼上又滴了几滴眼泪。

娜斯佳用双手抱住母亲的腿，脸紧贴她的裙子，皱着眉头一脸严肃地看着父亲。

父亲向她俯身。

“娜斯季卡，你干嘛这样，你生我的气了吗？”

他抱起她，抚摩她的头。

“你怎么了，我的女儿？你把我全忘了，当我离家去打仗的时候，你还那么小……”

娜斯佳把头贴在父亲的肩上，也开始哭起来。

“怎么了，我的娜斯季卡？”

“妈妈哭了，我也哭。”

站在炉子旁边的彼得卡被这突如其来的哭声弄得莫名其妙，很不满意。

“你们在干嘛？炉子里的火炭烧完了，我们又得点炉子，可是谁给我们发新的烧柴票！从前发的烧柴票都用掉了，好不容易在仓房里剩下十来块劈柴，可全是难烧的山杨……母亲，趁炉子热，快放面团吧。"

彼得卡从炉子里取出一口盛汤的大铁锅，在炉底扒拉扒拉炭火，柳波芙·瓦西里耶芙娜匆忙地往炉子里放了两个馅饼，似乎尽量行动快一点好让彼得卡感到满意些，第二个馅饼忙得忘记涂鸡蛋液了。

伊万诺夫很奇怪，他对故乡的房屋还完全没有概念。妻子还是从前的样子，一副可爱腼腆尽管非常疲惫的面孔，孩子们还是那样，都是他亲生的，只是在战争期间长大了，一切都按部就班。不知是什么搅乱了自己一心回归的快乐心情，显然，他对家庭生活十分陌生了，不能一下子理解亲人的意思。他看着自己头胎生的儿子彼得卡，听着他向自己的母亲和小妹妹发命令，审视他那副认真操心的脸庞，他满怀愧疚地承认对这个小男孩的父爱不够。因此意识到彼得卡比其他人更需要关爱，也因为他看起来很可怜，伊万诺夫更感到羞愧难当。伊万诺夫不知道他的家庭在没有他的日子里是怎样过活的，他还不能完全理解为什么彼得卡形成了这种性格。

合家坐在桌旁，伊万诺夫明白了自己的义务。他应该尽快地着手工作，也就是就业挣钱，帮助妻子正确地教育孩子们，一切将会慢慢地变好。彼得卡将会和同学们在一起玩耍，坐下来读书，而不再在炉子旁手拿炉叉发号施令。

彼得卡坐在桌旁比大家吃得都少，只是捡一些碎屑往嘴里塞。

"瞧你，彼得卡，"父亲扭过脸来对他说，"你怎么只吃碎屑，手里那块馅饼还没吃完啊……吃吧！母亲还会给你切的。"

"你们把馅饼都吃光吧，"彼得卡皱着眉头说，"我够了。"

"他担心，如果他开始多吃一些，那么娜斯佳发现了也会吃很多，"柳波芙·瓦西里耶芙娜老老实实地说，"他舍不得吃。"

"您不要舍不得吃，"彼得卡冷漠地说，"我想给您多剩点。"

父母相视一下，听了儿子这些话后他们倍感震动。

"你怎么也不好好吃？"父亲问小娜斯佳，"你是在学彼得卡吗？好好吃，要不然永远也长不大……"

"我已经长大了。"娜斯佳说。

她吃了一小块馅饼，另一大块被推到一边，用餐巾盖上了。

“你干嘛这样？”母亲问她，“要不然我再给你抹点黄油？”

“不要，我已经吃饱了。”

“那就这样吃吧……为什么把饼推到一边？”

“谢苗叔叔会来我们家的，这块我给他留着。馅饼不是您的，是我自己没吃省下的，我把它放在枕头底下，否则馅饼会变凉的……”

娜斯佳离开椅子，将这块用餐巾包着的馅饼拿走，来到床边，把它放在枕头底下。

母亲也想起来了，她也用枕头盖住了一块做好的馅饼，这块馅饼是五月一日烤的，盖住馅饼是为了谢苗·耶夫谢耶维奇到来时它不会凉。

“这位谢苗叔叔是谁？”伊万诺夫问妻子。

柳波芙·瓦西里耶芙娜不知道该说什么，于是说：

“我也不知道，这位谢苗叔叔只是来陪孩子们玩，德国人打死了他的妻子和孩子，他和我们的孩子们都熟识了，来陪他们玩。”

“怎么玩？”伊万诺夫很吃惊，“他在你这儿玩什么？他多大岁数？”

彼得卡迅速地看了一眼母亲和父亲。母亲没有回答父亲的问话，只是用忧郁的眼睛看了看娜斯佳，父亲不怀好意地笑了笑，从椅子上站起来，开始抽起烟来。

“这位谢苗叔叔陪你们一起玩的玩具在哪儿？”父亲问彼得卡。

娜斯佳从椅子上站起来，爬上五斗橱旁边的椅子，从五斗橱取出一些书，拿给他们的父亲看。

“玩具就是书。”娜斯佳对父亲说，“谢苗叔叔会念给我听，瞧，多么可爱的米沙，它是玩具熊，它也是书……”

伊万诺夫把玩具书拿到手里：有关于米沙熊的，关于玩具炮的，关于小房子的，还有多姆娜奶奶和小孙女在小房子里纺亚麻……

彼得卡想起该关炉子烟囱的风门了，要不热量都从屋子里跑出去了。

他关好风门，对父亲说：

“谢苗·耶夫谢伊奇（注：此称谓表示对长辈的尊重。）比你岁数大！他对我们很好，由他去吧……”为了以防万一，他望了望窗外，彼得卡发现天空中漂浮着几朵不合时令的乌云。

“不知是什么云。”彼得卡说道，“铅色的乌云漂浮着，也许要下雪！或者明天早晨冬天会提前到来？我们得干点活了，土豆子都在地里，家里没有储备土豆……哎，真糟！”

伊万诺夫看了看儿子，听了他说的话，心里不免对他有几分畏惧。他想从妻子那问出准确的消息，两年来一直来他家的这个谢苗·耶夫谢耶维奇是谁？他奔谁来的，奔娜斯季卡还是他漂亮的妻子？但是彼得卡将柳波芙·瓦西里耶芙娜支走去干家务活了。

“母亲，请把明天的配给粮卡和登记卡给我。还有煤油油票，明天是油票有效期最后一天，还要买木炭，可你却把袋子弄丢了。人家发给我们的袋子是做包装袋用的，随便在哪儿再找一个袋子吧，或者用破布再缝一个新的，我们生活中离不开袋子。娜斯季卡，你明天看着不让任何人来我们院子打水，要不然水给打光了。冬天马上到了，水位会下降，拴在木桶上打水的绳子不够长，我们不会嚼雪的，把雪熔化也需要烧柴。”

彼得卡一边说话，一边在炉子旁边扫地，把厨房用具规规矩矩地放在一块，然后从炉子里端出装满菜汤的一口铁锅。

“我们吃了点儿馅饼，现在我们再吃点面包肉汤。”彼得卡命令大家说，“你，父亲，明天早上要去区苏维埃和军事委员部做个登记，很快我们就会收到配给证的。”

“我会去的。”父亲驯服地同意。

“不要忘了，早上可别睡过头。”

“不，我不会忘记的。”父亲保证。

战争后全家人共进第一顿午餐，吃的是菜汤和肉。大家吃饭时默不作声，甚至彼得卡也平静地坐着，好像父母和孩子们害怕随口说出一句无意的话会破坏了全家人坐在一起吃饭时少有的这种安静与幸福。

突然伊万诺夫问妻子：

“柳芭，你的衣服，大概，穿得有些旧了吧？”

“以前净穿旧衣服了，现在我们要添置新衣服了，”柳波芙·瓦西里耶芙娜微笑着说，“孩子们穿的衣服都破了，我就补。另外我还拆改了你的西服，两条裤子还有所有内衣，用这些料给孩子们做了衣服，你知道，我们没有多余的钱，可是孩子们要穿衣服……”

“做得对。”伊万诺夫说，“不要委屈了孩子们。”

“我没有委屈孩子们，我把你给我买的大衣都卖了，现在我穿棉袄呢。”

“她的棉袄很短，她外出也许会感冒。”彼得卡说，“我去浴池当司炉工，发工资后我会给她买件大衣。小贩们在市场上做买卖，我去打听价钱，那里有合适的……”

“不用你管，没你的工资我们也能维持。”父亲说。

午饭后娜斯季卡往鼻子上架一副大眼镜，她坐在窗旁织补母亲的手套，母亲在单位把这副手套当连指手套戴。天气很冷，已经是秋天了。

彼得卡瞧了瞧妹妹，很生她的气：

“你真淘气，为什么戴谢苗叔叔的眼镜？”

“我从眼镜上面看的，没从里面看。”

“不行！你的眼睛会瞎的，你要是把眼睛弄坏了，以后一辈子靠别人养活，只能领抚恤金。马上摘下眼镜，我命令你！别再补连指手套了，母亲自己会补的，或者我有空时我着手干。拿着练习本，去写竖笔画，刚练习容易忘！”

“娜斯季卡，怎么开始学习了？”父亲问。

母亲回答，“还没上学，她还小，但是彼得卡吩咐娜斯季卡每天学习，他给她买了练习本，于是她就学写竖笔画。”彼得卡还教妹妹算术，用南瓜种子教她加、减法，柳波芙·瓦西里耶芙娜亲自教她学字母。

娜斯季卡放下连指手套，从五斗橱的抽屉里面掏出练习本和钢笔。一切都井井有条地进行着，彼得卡感到很满意，他穿上母亲的棉袄去院子里劈明天烧的柴。彼得卡通常睡前把劈开的烧柴拿回屋里，把它们垛在炉子后面烘干一些，这样烧起来更热，更节省一些。

晚上柳波芙·瓦西里耶芙娜很早就安排家人吃了晚饭。她想让孩子们早点睡着，这样就可以同丈夫单独坐一会儿，说一会儿话。但是晚饭后孩子们半天也睡不着。娜斯季卡躺在木制沙发上，从被子底下看了半天父亲。彼得卡躺在俄式炉子上，无论冬夏，他总是在那儿躺着，不停地翻身、呼哧，低声说着什么，不能马上安静下来。到深夜来临，娜斯季卡终于合上看书看得疲倦的眼睛，彼得卡在火炉上打起鼾来。

彼得卡睡觉很不踏实，时刻保持戒备之心。他总是担心万一夜里发生火灾、夜盗溜进屋里，怕听不到；担心母亲忘记了用门钩挂门，门在夜里会敞开，屋里所有热量会跑光。这会儿父母在厨房隔壁焦虑的说话声把彼得卡吵醒了，到底是半夜还是凌晨，他也不知道，父母还没睡觉。

"阿辽沙，你别吵嚷，孩子们会醒的。"母亲小声地说，"不要骂他，他是好人，他爱你的孩子……"

"我们不需要他的爱。"父亲说，"我自己会爱我的孩子……瞧你，他倒是喜欢起别人家的孩子了！我给你寄了军属领款凭单，你也工作了，干嘛还需要这个谢苗·耶夫谢耶维奇？难道你还感情冲动不成？……唉，你个柳芭啊柳芭！在部队我以为你不是这样的人。这么说，你把我当傻子了……"

父亲沉默起来，然后划着一根火柴点燃烟斗。

"瞧你说的，阿辽沙！"母亲大声高喊，"我可是一个人照顾孩子，他们几乎没生过病，身子也壮实……"

"这算啥！"父亲说，"别人家平均有四个孩子，日子过得也不错，孩子们比我们的孩子长得还高。瞧你把彼得卡培养成什么样的人了，想问题的方式像个老头子，以后怎么读书？大概都忘了。"

彼得卡在火炉上叹口气，为了掩人耳目打起鼾来，想继续往下听。"好吧，"他想，"就算我是老头子，你在部队吃现成当然舒服！"

"可是生活中最重要最困难的事情他都经历了！"母亲说，"况且文化课他也赶上来了。"

"你的谢苗，他是谁？得了，你别再扯东扯西了。"父亲生气了。

"他是善良的人。"

"你爱他，是吗？"

"阿辽沙，我是你孩子的母亲……"

"继续！直接回答！"

"我爱的是你，阿辽沙。我是孩子的母亲，那时与你在一起我感到作为女人的幸运，但那已是很久以前的事了，我都忘了那是什么时候了。"

父亲沉默不语，在黑暗中抽烟斗。

"我非常想你，阿辽沙……确实，孩子们一直由我带大，但他们不能替代你，我一直在等你。那些漫长而可怕的年月，早晨我都不愿醒来。”

“他是干什么的，在哪里工作？”

“他在我们工厂的原料供应科。”

“我明白了。骗子。”

“他不是骗子。我不知道……他的家人死在了莫吉廖夫，他曾经有三个孩子，女儿已经嫁人。”

“这些不重要，我只知道他又得到了一个现成的家庭，女人还年轻，很漂亮，他又过上了好日子。”

母亲没回答一句。一片寂静，但很快彼得卡听见母亲哭了。

“他对孩子们说起过你，阿辽沙。”母亲开始说话，彼得卡听见她还在一边哭泣。“他给孩子们说，你在那里为我们打仗，受了很多苦……他们问他：为什么？他回答，说：因为你是善良的人……”

父亲笑起来，从烟袋里敲出烧过的烟丝。

“瞧他把你们迷的，好个谢苗·耶夫谢耶维奇！从来没见过我，却表扬我。瞧，多么好的一个人哟！”

“他没有见过你。他故意这么说，为的是孩子们同你不疏远，还爱父亲。”

“但是为什么，为什么他这样做？为的是博得你的好感。你说，他到底需要什么？”

“也许，他的心肠很好，阿辽沙，所以他这样做。不然，是为什么呢？”

“柳芭，你真蠢。请你原谅我这句话：在这世界上，人们做事都是有目的的。”

“可是谢苗·耶夫谢耶维奇经常给孩子们带东西，要么是糖果，要么是白面，或者白糖。不久前给娜斯季卡带来一双毡鞋，但是鞋不合适，她穿太小。他不想从我们这儿得到什么，我们也什么都不需要，我们没有他的礼物也能过下去。我们已经习惯了。但他说当他关心别人的时候，他的心情会变得好一些，这样就不会那么思念死去的家人。等你见到他就知道了，他不像你想象的那样……”

“胡说八道！”父亲说，“你别再骗我，柳芭。跟你在一起，我厌烦了，我还想好好生活。”

“和我们一起过吧，阿辽沙……”

“我和你们一起过，你们却想着和谢苗·耶夫谢耶维奇一起过是吗？”

“我不会的，阿辽沙。他永远也不会来我们家了，我会告诉他再也别来我们家了。”

“你说从今以后再也不让他来了，意思便是以前你一直让他来？……唉，你原来是这种人，柳芭，你们女人都是这种人。”

“那你们又是什么人？”母亲生气了，“你说我们女人全是这种人，你这话什么意思？我可不是那样的人……我没日没夜地工作，做供蒸汽机车炉膛用的耐火砖。我的脸都瘦削了，瘦得吓人，大家都认不出我了，连乞丐都不向我伸手。我的日子很艰难，把孩子们扔在家里，一个人出来干活，家里经常没生炉子，没做饭菜，屋里黑乎乎的，孩子们整天愁眉苦脸，他们不是一下子就像现在这样会料理家务的。彼得卡那时还只是个小不点……于是那时谢苗·耶夫谢耶维奇开始来我们家。他来了，同孩子们坐一坐。要知道他完全是一个人独自生活。‘我可以上你们家去吗？’他问我，‘来取取暖。’我对他说我们这儿也很冷，我们的烧柴很潮湿，他回答我说，‘没关系，我的心都要冻僵了，哪怕我能在您的孩子们旁边坐一会儿就好。不需要生炉子。’我说，‘那好吧，来吧，孩子们和你在一起也不会害怕了。’我和他便渐渐熟悉了，当他来的时候，我们大家感觉很好。我看着他就想起了你，好像你就在我们身边……你不在的时候家里实在难熬。随便一个人来，也让我们感觉不那么寂寞，时间便过得快一些。没有你在，漫长的日子毫无意义！”

“后来呢，还有什么没说的？”父亲催促说。

“后来再也没有什么事情发生了。现在你回来了，阿辽沙。”

“好吧，如果真是这样。”父亲说，“该睡觉了。”

但是母亲继续问父亲：

“等一会儿再睡。让我们谈一谈，和你在一起我很快乐。”

“无论如何也安静不下来。”彼得卡在炉炕上想，“消停点吧，言归于好吧。母亲需要早起去上班，可她却不上床睡觉，高兴得不是时候。”

“谢苗这家伙爱你吗？”父亲问。

“等一等，我去给娜斯季卡盖被子，她做梦会踢被子，会挨冻的。”

母亲给娜斯季卡盖严被子，来到厨房，在炉子旁停一会儿，想听一会儿，看看彼得卡睡没睡着。彼得卡明白母亲的意思，于是开始打鼾。然后母亲往回走，他听见了她的声音：

“大概，他爱我。我看见他温柔地望着我，可我现在这副摸样——难道我这年纪还漂亮吗？他日子很不好过，阿辽沙，他需要去爱一个人。”

“你哪怕吻他一下，既然都到了这个地步。”父亲善意地说。

“得了吧！他自己吻了我两次，尽管我不乐意。”

“为什么他这样做，既然你不乐意？”

“不知道。他说他糊涂了，想起了妻子，说我长得有些像他妻子。”

“他长得也像我吗？”

“不，不像。谁也不像你，你是唯一的，阿辽沙。”

“你说我是唯一的？我看倒像数数，先从1开始，后面一定有2。”

“他只亲了我的面颊，没有亲嘴唇。”

“没有区别，往哪儿亲都一样。”

“不，不一样，阿辽沙……你了解我们的生活吗？”

“什么？整个战争期间我都在打仗，每天眼前都是死亡，死亡离我那么近，比现在我和你之间还要近……”

“你在打仗，可我在这里为你担心，想你想得快疯了。因悲痛过度我的手直哆嗦，可还是要打起精神工作，为了养活孩子，为了给国家支援去抗击法西斯敌人。”

母亲心平气和地说，只是她心里感到难受，彼得卡心疼母亲。他知道她学会了给自己、他还有娜斯季卡修鞋，为的是不向修鞋匠支付高价修鞋费，她还给邻居们修电炉子好换些土豆回来……

“我再也不能忍受这种生活了，无时无刻不思念你。”母亲说，“如果忍耐的话，我就得死，那时我假如死了，可我还有孩子……我需要感受另一种东西，阿辽沙，某种快乐，让我感到生活轻松一些。一个人说他爱我，他对我如此温柔，就像你曾经对我那样……”

“这是谁，又是谢苗·耶夫谢耶维奇这家伙吗？”父亲问。

“不是，另外一个人。他是区委会工会教官，疏散到这来的……”

“去他的吧，是个怎样的人？又发生了什么，他让你感到快乐？”

彼得卡对这位教官一无所知，他惊讶的是为什么他不认识他。“你瞧，我们的母亲胆子真大。”他对自己小声地说。

母亲回答父亲，说：

“我对他一点儿也不了解，没有丝毫快乐，我觉得很糟糕。因为当时心里不舒服，感觉灵魂都快窒息了。我让他接近我，可当他成为我亲密的朋友，十分亲密的朋友时，我很冷漠，那时我想起了家人的关怀，懊悔曾允许他成为亲密的朋友。我明白，只有和你在一起才能让我感到平静和幸福。没有你的日子我失魂落魄，即使为孩子着想，我也不能拯救自己……和我们一起生活吧，阿辽沙，我们会好起来的！”

彼得卡听得很清楚，父亲从床上站起来，开始抽烟斗，坐到方凳上。

“你们亲近后，你和他见了几次面？”父亲问。

“只有一次，”母亲说，“再没有了。你以为还有几次？”

“你想几次就几次，你的事。”父亲说，“那你刚才为什么说你是孩子的母亲，只和我在一起时才感到作为女人的幸运，而且是很久以前……”

“这是实话，阿辽沙……”

“怎么可能，哪一点是事实？你和他在一起时不也是一个女人吗？”

“不，跟他在一起时我并不快乐，我只是希望，但我做不到……那时我觉得没有你我快活不下去了，我需要有个什么人和我在一起。我感到身心痛苦，非常沮丧，我连我们的孩子都爱不起来了，而你是知道的，为了他们，我可以忍受一切，为了他们我宁可牺牲自己！”

“等一下。”父亲说，“你刚才说在那位新的谢苗·耶夫谢耶维奇身上你没有得到一丝快乐，可你并没有完蛋，你没有死，你活得好好的。”

“是的，”母亲轻声说，“我没有死。”

“这就意味着，你又在撒谎，你所谓的事实到底在哪？”

“不知道，”母亲的声音更低了，“我就知道这么多了。”

“好吧，我知道的事却很多，受到的苦也比你多。”父亲说，“你就是个烂货，仅此而已。”

母亲沉默了，只听到父亲急促而吃力的喘气声。

“现在我回来了，”他说，“战争结束了，可你却伤了我的心……好吧，现在同你的什么谢苗·耶夫谢耶维奇过吧！我不在的时候你愚弄我，可我也是人，不是你的玩具……”

父亲摸黑穿衣服、穿鞋，点燃了煤油灯，坐到桌子旁，给手表上发条。

“四点，”他自言自语，“天还很黑。俗话说，娘们有的是，好老婆难寻。”

房子里很安静。娜斯季卡躺在木床上，在睡梦中发出均匀的呼吸声。彼得卡趴在暖和的炉炕上，忘了需要打鼾。

“阿辽沙！”母亲恳求地说，“阿辽沙，请原谅我吧！”

彼得卡听见父亲呻吟起来，然后是玻璃发出的清脆碎裂声。透过窗帘缝彼得卡看到父母的屋子里变得更黑了，虽然灯还点着。“他弄碎了灯玻璃。”彼得卡猜测，“掉在黑暗里的玻璃是很难找到的。”

“你把手割伤了，”母亲说，“你的手淌血了，去五斗橱里拿条毛巾来擦擦吧。”

“闭嘴！”父亲冲母亲吼道，“我不想再听到你的声音……叫醒孩子们，马上去叫！快去！我跟你说，我要让孩子们知道他们有个什么样的母亲！让他们知道！……”

娜斯季卡被吓得大叫一声，醒来了。

“妈妈！”她招呼道，“我可以到你那儿去吗？”

娜斯季卡喜欢夜里来到母亲床上，在被子底下暖和暖和。

彼得卡坐在炉子上，把腿放下来，对大家说：

“该睡觉了！你们为什么吵醒我？天还没亮，外面还黑着呢。你们吵什么，为什么还点着灯？”

“睡吧，娜斯季卡，睡吧，还早着呢，我马上到你那儿去。”母亲回答道，“还有你，彼得卡，别起来，别再说了。”

“可你们为什么老在吵？父亲要干什么？”彼得卡又说。

“我要干什么与你无关！”父亲回答，“瞧你，好像是位管人的中士！真是够了！”

“你为什么把灯玻璃打碎了？你为什么吓唬母亲？她都这么瘦了，吃土豆的时候还不放奶油，都让给娜斯季卡。”

“可你知道母亲做了什么事吗？”父亲像小孩一样诉苦道。

“阿辽沙！”柳波芙·瓦西里耶芙娜温柔地转向丈夫。

“我知道，我一切都知道！”彼得卡说，“母亲想你想得直哭，一直等你，可你回来了还惹她哭。你才什么都不知道！

“你什么也不懂！”父亲生气了，“瞧我们家出了你这样一个宝贝。”

“我知道，我都清楚，”彼得卡从炉子上答道，“你自己才不懂呢！我们都有正经事，要过日子，你们两个却在那吵吵闹闹，像两个笨蛋……”

彼得卡停下来，他卧在枕头上，闷声哭了起来。

“你在家称王称霸，”父亲说，“反正现在也一样了，你继续当一家之主吧……”

彼得卡擦干眼泪，回敬说：

“你呀，算什么父亲，看你都说些什么话，亏你还是个大人，还打过仗……明天就去残废军人工作合作社看看吧，哈里通叔叔在那儿站柜台，他切面包，给谁的分量都不会少。他也打过仗，复员了。去问问他，他对谁都讲，自己还笑呢。他妻子叫阿纽塔，学会了开车，现在送粮，她很善良，从不偷粮食。她也跟人相好，去人家家里做客，人家还款待她。她那位相好也有勋章，缺一只胳膊，也在商店里上班，现在是工业品零售商店的老大……”

“你在那胡说什么，最好睡觉，马上就天亮了。”母亲说。

“你们这样我没办法睡觉……天亮得没那么快。这个缺胳膊的人和阿纽塔好上了，日子过得很好。而哈里通在打仗，后来复员回来，开始和阿纽塔骂仗。白天吵架，晚上就喝酒，还吃下酒菜，阿纽塔一直哭，什么也不吃。吵啊吵啊，后来折腾累了，终于不再折磨阿纽塔了，他对她说：‘你怎么就只有过一个缺胳膊的呢？你个傻娘们，瞧瞧我，离开你的时候我有格拉什卡、阿普罗西卡、玛鲁西卡，跟你同名的纽什卡，外加玛格达琳卡。’说着说着自己笑起来，阿纽塔阿姨也笑开了。后来她自己夸他的哈里通好，没有比他再好的人了，他打死了好多法西斯鬼子，喜欢他的女人多得他应付不了。这全是哈里通叔叔在店里给我们讲的，现在他们过得很和睦，很不错。说到这，哈里通叔叔又笑了，他说：‘我欺骗了我的阿纽塔，我一个女人也没有，既没有格拉什卡、纽什卡、阿普罗西卡，也没有外加的玛格达琳卡。战士是祖国的儿子，他没有时间做傻事，他一心想的只是打敌人。这是我故意编来吓唬阿纽塔的……'躺下睡觉吧，父亲，熄灯吧，别让没灯罩的煤油灯一直冒烟……"

伊万诺夫吃惊地听着彼得卡给他讲的故事。"瞧这狗崽子！"父亲思索着儿子说的话，"我还以为他马上就要说到我的玛莎了呢……"

彼得卡太累了，开始打起鼾来，他真的睡着了。

天大亮的时候他睡醒了，害怕睡这么久一早上什么家务活也没做。

只有娜斯季卡一个人在家。她坐在地板上，翻看母亲很久以前给她买的连环画。她每天都翻来覆去看这本书，因为她没有第二本可读的书了。她用小手指头在字母上来回移动，好像在读似的。

"为什么你一大早就糟践书？把它放回去！"彼得卡对妹妹说，"母亲在哪儿，去上班了吗？"

"上班去了。"娜斯季卡轻声说，一边合上了书。

"父亲钻到哪儿去了？"彼得卡环视一下客厅、厨房和房间，"他拿他的背囊了吗？"

"他拿了。"娜斯季卡说。

"他对你说什么了？"

他没说什么，他吻了吻我的嘴和眼睛。

"哦。"彼得卡说，沉思起来。"起来，"他吩咐妹妹，"让我把你的脸洗干净，穿上衣服，我们上街去……"

他们的父亲那时正坐在火车站。他已经喝了一些伏特加，早上凭票吃了点东西。他早在夜里就下定决心去玛莎的那座城市，想同她再次相见，也许就再也不分开了。糟糕的是，他比起那个头发有股大自然味道的浴池服务员的女儿年纪要大得多。结果难以预料，到了那边才知分晓。即便这样，伊万诺夫仍然希望玛莎再次见到他时会感到高兴，这样他就满足了。也就是说，他将会有一个新的亲近的人，她长得不但漂亮，而且为人乐观，心眼好。看结果如何吧！

火车很快来了，正是开往昨天回来时的方向。他拿着自己的行李上了火车。"玛莎一定想不到。"伊万诺夫想，"她对我说过，我反正会把她忘掉的，我们永远也不会见面了。可我现在却去找她，而且一去不回头。”

他来到了火车连廊处。在那里呆站着，为的是火车开动时最后看一眼这座小城……这是他战前生活的地方，儿子和女儿出生的地方……他还想最后再望一望被他抛下的那座房子。在车上可以清楚地看见他居住过的那幢屋子，因为那条街道正对着火车经过的地方。

火车开动了，静静地从车站道岔开往秋天的旷野。伊万诺夫抓住火车的扶手，从连廊处看小房子、建筑物、板棚子，他过去故乡城市的消防瞭望塔。他认出了远处两个高高的烟囱：一个烟囱是制皂厂的，另一个是砖厂的。现在柳芭正在那里的压床旁干活。让她按自己的意愿生活吧，他也将按自己的意愿生活。也许，他能原谅她，但这意味着什么？反正他对她已经心如铁石。一个女人，在战争期间丈夫不在的时候，同别人亲吻、同居，对这种人，他是无法原谅的。柳芭成了那些叫什么谢苗或者耶夫谢耶维奇的好朋友，因为她生活困难，贫困和忧愁折磨着她。但这不能成为得到别人谅解的理由，而恰好证明了她对他们确有感情。一切爱情都产生于贫困和忧愁。如果一个人一无所需，也不苦恼，那他永远也不可能爱另一个人。

伊万诺夫想离开连廊回到车厢睡觉，他不想再看到曾经生活过的、扔下孩子们的房子。不要枉自折磨自己了。他朝前方望了一眼，想看看到十字路口还有多远，他一眼就看见了十字路口。铁路穿过通向乡下的土路。这条土路上有麦秸捆，从大车上掉下的饲料干草、柳树枝子还有马粪。除了一周两个赶集日外，通常这条路上没人，偶尔有农民赶着拉了一车干草的马车进城或返回乡村。现在也是这样，空无一人的乡村道路在延伸，只有两个小孩从远处的城市街道朝农村土路跑来，一个孩子稍大一些，另一个稍微小一点儿。大的拉着小的手，拖着她，可是小的，无论怎样急，无论怎样挪动步伐，也赶不上大的。稍微大一点的孩子拖着她。他们停在城市最后一座房子旁边，往火车站的方向望了望，一定是在考虑要不要去火车站。随后，他们看了看从道口经过的旅客列车，沿着铁路朝火车奔去，似乎想一下子追上它。

伊万诺夫站着的车厢正经过十字路口。他从地板上拿起袋子，想进车厢躺在卧铺上睡觉，不想被其他乘客打扰。那两个孩子是否跑到最后一节车厢了呢？伊万诺夫从连廊里探出身子朝后面张望。

两个孩子手挽着手，还沿着铁路朝十字路口跑来。他们两个忽然摔倒了，站起来又继续向前跑。大的举起那只闲着的手，把脸转向伊万诺夫的方向，朝他挥手，好像招呼谁回去。他们又摔倒了。伊万诺夫细看，发现大的一只脚穿着毡鞋，另一只脚穿着套鞋，所以他不断摔跤。

伊万诺夫闭上眼睛，他不愿看见，也不愿去感受两个孩子跌倒在地的疼痛。突然他感到胸中火热，那颗被禁锢的心，似乎只是长久而惘然地跳动，唯有此刻，它才冲破了牢笼获得自由，使他浑身充满温暖和战栗。他忽然看清了一切，比以前更真切。过去他被自尊心和自私之心所蒙蔽，现在，他决定实实在在地袒露自己的真心面对生活。

他又走到车尾，向远处的孩子们望去。他已经看清楚，那是他的孩子，彼得卡和娜斯季卡。大概在经过十字路口时，他们看见了他，那时彼得卡在呼喊他回到母亲身边，可那时他想着别的事，一时没有认出他们来。

这时，彼得卡和娜斯季卡已被远远地抛在火车后面，正沿着铁路旁的小土路奔跑。彼得卡依然拉着娜斯季卡，在她跟不上的时候就拖着她跑。

伊万诺夫将自己的行李往车厢外一扔，随后跳到小路旁的沙土地上，他的两个孩子正沿着这条小路向他奔来。

图书在版编目（CIP）数据

桐山·静默如谜的生活 / 月山行主编. — 济南：山东画报出版社，2018.7

ISBN 978-7-5474-2656-2

Ⅰ.①桐… Ⅱ.①月… Ⅲ.①中国文学—当代文学—作品综合集 Ⅳ.①I217.2

中国版本图书馆CIP数据核字(2017)第321108号

桐山·静默如谜的生活

TONGSHAN JINGMORUMI DE SHENGHUO

责任编辑 张桐欣

装帧设计 黑猫道

出 版 人 李文波

主管部门 山东出版传媒股份有限公司

出版发行 山東畫報出版社

社　址　济南市胜利大街39号　邮编 250001

电　话　总编室（0531）82098470

市场部（0531）82098479　82098476（传真）

网　址　http://www.hbcbs.com.cn

电子信箱　hbcb@sdpress.com.cn

印　刷 山东新华印务有限责任公司

规　格 160毫米×230毫米

6印张　58幅图　215千字

版　次 2018年7月第1版

印　次 2018年7月第1次印刷

印　数 1 – 5000

定　价 45.00元